教育部人文社会科学2012年度青年基金项目
"清代满族说唱文学研究"结项成果（编号12YJC751031）

冷纪平 郭晓婷 ◎著

子弟书源流考

中国社会科学出版社

图书在版编目（CIP）数据

子弟书源流考/冷纪平，郭晓婷著 . —北京：
中国社会科学出版社，2016.6
　ISBN 978 – 7 – 5161 – 8424 – 0

　Ⅰ.①子… Ⅱ.①冷… ②郭… Ⅲ.①子弟书—文学—研究
Ⅳ.①I207.39

中国版本图书馆 CIP 数据核字（2016）第 138278 号

出 版 人	赵剑英	
责任编辑	郭晓鸿	
特约编辑	席建海	
责任校对	韩海超	
责任印制	戴　宽	

出　　版	中国社会科学出版社	
社　　址	北京鼓楼西大街甲 158 号	
邮　　编	100720	
网　　址	http://www.csspw.cn	
发 行 部	010 – 84083685	
门 市 部	010 – 84029450	
经　　销	新华书店及其他书店	
印　　刷	北京明恒达印务有限公司	
装　　订	廊坊市广阳区广增装订厂	
版　　次	2016 年 6 月第 1 版	
印　　次	2016 年 6 月第 1 次印刷	
开　　本	710×1000　1/16	
印　　张	14.5	
插　　页	2	
字　　数	205 千字	
定　　价	55.00 元	

凡购买中国社会科学出版社图书，如有质量问题请与本社营销中心联系调换
电话：010 – 84083683
版权所有　侵权必究

自　序

　　子弟书是清代雍正、乾隆年间，北京八旗子弟创造的一种说唱文学。当时国家安定，经济繁荣，八旗子弟无所事事，很多人将精力投入斗鸡走马、玩票唱戏之中，创作演唱子弟书就是他们在闲暇之时的娱乐项目之一。子弟书的主要内容是改编明清小说戏曲的故事，反映清代中后期旗人的生活。其形式同鼓词接近，只唱不说，句式以七言为主，但可以自由增加衬字，韵脚押十三道大辙。开头有诗篇，篇末有结语。从雍乾时期到民国年间，子弟书在北京、天津、沈阳的八旗子弟之间流行。

　　子弟书自从问世以来，各种抄本、选本层出不穷，其中以黄仕忠主编的《子弟书全集》最为齐全。研究子弟书的论文和著作亦复不少，基本上集中在子弟书的历史背景、具体篇目鉴赏、文献来源等方面，尤其是版本校勘方面最为精严。但有一个问题是研究者不能回避同时也令人头疼的：散。

　　子弟书的存世方式是比较散乱的。它不像长篇小说，有一个整体的构造框架；也不像短篇小说集，各自独立成篇。目前存世的516部子弟书中，篇幅有长有短。长的可以有三十回，三四万字；短的只有一回，几百字而已。有的子弟书好几部都讲述同一个故事，用的是同一个题目，却是从不同的角度去讲述，各自独立；有的子弟书只有一个版本，却有多个题目；有的子弟书前后连接着好几部子弟书的内容，必须得阅读这几部才能看齐一个完整的故事；也有的子弟书是将一个复杂的长故事简略处理成一个短故事。这些一书多名或一名多书、内容互相连接或者各自独立的子弟书，常常让研究者头昏脑涨，更让初学者不得要领。

子弟书的内容也是散乱的。目前存世的516篇子弟书里，406篇改编自先秦诸子、唐宋诗文、明清小说和戏曲弹词，剩下110篇是原创作品。改编作品占所有子弟书的79%。可以说，不了解子弟书的故事来源，就不可能真的理解子弟书。子弟书的研究者必须知道，子弟书是从哪些作品中改编的，讲述的是什么内容，比起原文来有何艺术特色。而这，恰恰就是本书存在的意义。

子弟书题材来源复杂，需要一一指明出处。子弟书并非一定忠实于原作，常常对原文的内容和人物形象有所改动。还有的子弟书采用了和原文完全不同的表现手法，其艺术成就有高有低。而且目前存世的子弟书有516篇，几乎篇篇都是一个独立的故事，很多故事是截取长篇小说或者戏曲的一部分讲述的。读者如果不熟悉整部小说戏曲，面对这些片段很可能如堕五里雾中。如果没有子弟书故事来源考证，研究工作就无法进行，读者也难以完全体会子弟书的妙处。

这个工作目前只有陈锦钊先生于1976年在台北做过。惜哉当时陈先生屈身一隅，材料有限，只统计出二百余篇子弟书的出处，而且并未指出子弟书和原文在内容和艺术上有何差异。笔者尽一己之力，将自身所见的516篇子弟书的出处，与原文的内容差异、艺术特色全部呈上，以飨同好，既可以便于其他学者的进一步研究，也可以为子弟书读者提供一些便利和指引。

| 自　序 |

这 516 篇子弟书的主要来源是以下三部子弟书集。

①北京市民族古籍整理出版规划小组辑校：《清蒙古车王府子弟书》，国际文化出版公司 1994 年版（以下简称"车王府本"）。

②张寿崇：《满族说唱文学：子弟书珍本百种》，民族出版社 2000 年版（以下简称"珍本"）。

③黄仕忠、李芳、关瑾华：《子弟书全集》，社会科学文献出版社 2012 年版（以下简称"全本"）。

还有一些收藏于各大图书馆的孤本、散篇，都在每一篇子弟书后注明。有的子弟书的前后诗篇中标注了作者的笔名，还有的子弟书并未注明作者。目前黄仕忠的《车王府钞藏子弟书作者考》[①] 一文已经考证出成于何人之手，笔者在此一一指出，不敢遗漏。有的资料注明了子弟书的原始版本，虽然数量有限，但也逐一注明。

本书主要包括以下信息：

①子弟书题目及其所在位置，即读者可以在相应书籍的相关页找到它。

②作者（如果能确定的话）。

③原始版本，即被哪一部子弟书集所收。

④题材来源。

⑤故事内容与原文的异同。

⑥艺术特色。

⑦本书末尾的音序索引，以子弟书题目的第一个字为准，方便不熟悉戏曲小说的读者使用。

子弟书的排列顺序，以原文年代为准。比如，子弟书《子路追孔》取材于《论语·微子第十八》，为年代最早者，后面是取材

---

① 黄仕忠：《车王府钞藏子弟书作者考》，刘烈茂、郭精锐等《车王府曲本研究》，广东人民出版社 2000 年版，第 413—457 页。

于《孟子》的子弟书《孟子见梁惠王》《齐人有一妻一妾》，再后面的子弟书取材于唐诗、宋文、元曲、明代传奇、明代小说，以及清代小说、戏曲、弹词、鼓词民歌，八旗子弟的原创作品放在最后。

目　　录

导言　子弟书题材来源考 …………………………………………… 1

第一章　取材于先秦至宋元时期作品的子弟书 ………… 12

第二章　取材于明传奇、鼓词的子弟书 …………………… 28

第三章　取材于明代小说的子弟书 ………………………… 50

第四章　取材于清代小说的子弟书 ………………………… 90

第五章　取材于清代戏曲、弹词的子弟书 ………………… 118

第六章　原创作品 ………………………………………………… 170

附录　子弟书题目音序索引 …………………………………… 200

后记 …………………………………………………………………… 223

导言　子弟书题材来源考

子弟书是文学史上一个非常独特的现象。八旗子弟是满文化的继承者，吟诵子弟书又是作为八旗子弟内部流传的娱乐活动，按常理他们应该吟咏满族的故事，创作只属于本民族的史诗。但出于对汉文化的崇拜和热爱，子弟书却是用流畅优美的汉语书写的，吟唱的是汉民族的故事。可以说，子弟书本身就是满汉文化交融的产物。考证子弟书的题材来源，可以从一个侧面去研究汉文化是如何融入八旗子弟的血脉之中的。

一　子弟书题材的分布状况

目前存世的子弟书有516篇，其中有79％是改编作品，21％是原创作品。明清两朝的俗文学互相影响、互相借鉴的地方很多。比如戏曲传奇《连环记》《东吴记》都取材于小说《三国演义》；唐伯虎点秋香的故事在小说《警世通言·唐解元一笑姻缘》、杂剧《花前一笑》、传奇《花舫缘》以及弹词《笑中缘》中都出现过；明清大量传奇剧本又被改编为舞台上流行的京剧唱段。要判断子弟书作者到底是依据哪一个版本改编的，实非易事。笔者经过对多种版本的比较阅读之后，决定以这样几个因素判断题材来源。

第一，故事的基本情节。如子弟书《雷峰塔》，讲述白娘子的故事，其情节同清代方成培创作的传奇《雷峰塔》最为接近，而与更早的《警世通言·白娘子永镇雷峰塔》大相径庭，很显然不能采信于后者。

第二，子弟书的开头诗篇或篇末结语。比如子弟书《走岭子》，讲述小说《水浒传》中武松在十字坡张青夫妇的帮助下，改扮陀头投奔鲁智深，经过蜈蚣岭的故事。梆子腔《蜈蚣岭》就涉及这个情节，另外，这一题材在京剧舞台上也多有演出。《走岭子》到底是从小说改编的，还是从梆子腔、京剧改编的，看情节很难判断。但该子弟书开篇有一首诗，前四句是："琐窗人静转清幽，翻阅残篇小案头。笔端清遣闲时闷，墨痕点染古人愁。"既然说到"案头""残篇"，很显然是针对小说而言的；而且篇头篇尾并无一字半句提到"梨园""红毡"之类的字眼，因此可以断定作者的题材来源是小说而非戏曲。

第三，题目。有的子弟书的题目直接取自折子戏的题目，比如子弟书《活捉》，讲述阎婆惜被宋江杀死之后，鬼魂找张三郎相会，结果将张三郎吓死。传奇《水浒记》中，就有《活捉》一出。这种情况在由明清传奇改编的子弟书里不胜枚举。但这一根据并不足以断定题材来源，必须同其他因素相权衡之后才能下结论。比如子弟书《东吴记》，讲述刘备东吴招亲，周瑜赔了夫人又折兵的故事。虽然传奇中也有《东吴记》，但看子弟书所有细节都与小说《三国演义》一致，连语言风格都与小说一致，很明显是由小说改编的，不能采信于传奇《东吴记》。

第四，语言的相似性。比如子弟书《痴诉》的语言同传奇《艳云亭·痴诉》的唱词都是一致的，只是稍微变换一下句式而已；子弟书《思凡》的语言，很多是根据《孽海记·思凡》的唱词略加修改的结果。

按照这套标准，子弟书题材来源的具体情况见下表。

子弟书题材来源（共 516 篇）

改编子弟书 406 篇，占全部子弟书篇目的 79%	改编自小说 186 篇，占 36%	明前小说 6 篇	明小说 108 篇 清小说 72 篇
	改编自戏曲 194 篇，占 38%	宋元戏曲 21 篇	明传奇 53 篇 清传奇 64 篇
			杂戏 56 篇（宫廷节令戏、散落的昆曲折子戏、梆子、高腔、秦腔、京剧等）
	其他 25 篇，占 5%	散文、诗歌、佛经、鼓词、弹词、民歌、劝善书等	
原创子弟书 110 篇，占全部子弟书篇目的 21%			

二 清代旗人中小说、戏曲的流行情况

从统计数字来看，子弟书的来源以改编为主，而且以改编当时流行的小说和戏曲为主。子弟书作者对文学和艺术的好尚为他们的选择打下了深刻的烙印。小说的改编情况非常集中，大部分出自《三言二拍》《聊斋志异》《金瓶梅》《三国演义》《水浒传》《西游记》《红楼梦》，而这些都是清代非常流行的读物。清代北京的书店、馒头铺多经营小说租赁业务，其中永隆斋钞本《福寿缘鼓词》上印长章云："本斋出赁四大奇书，古词野史。""四大奇书"就是指《金瓶梅》《三国演义》《水浒传》《西游记》。能被馒头铺作为广告宣传之语，足证其当时的流行程度。《红楼梦》一出，更有洛阳纸贵的轰动效果。程伟元的《红楼梦序》云："好事者每传钞一部，置庙市中，昂其值得数十金。"毛庆臻的《一亭考古杂记》载："乾隆八旬盛典后，京版

《红楼梦》流行江浙,每部数十金。至翻印日多,低者不及二两。"①当时北京人对小说的态度是非常热情的。旗人读小说最初是因为军事需要。努尔哈赤最喜欢读《水浒传》《三国志》两书。皇太极即位之后,组织人力物力翻译《三国演义》,让八旗官兵学习其中的军事思想,效果显著。魏源曾在笔记中说:"国朝满洲武将,不识汉文者,类多得力于此。"清军入关后,《西游记》《金瓶梅》《封神演义》《隋唐演义》等小说被翻译成满语在旗人中流行。康熙初年,"稗官小说盛行,满人翻译者众"②。随着满人汉语水平的提高,阅读小说戏曲已经可以渐渐脱离满文翻译,直接阅读汉语原文了。"是时(康熙末年),士大夫家多看汉文小说。"③清琴川居士的《皇亲奏议》卷二十二载康熙二十六年(1687)刑科给事中刘楷奏:"臣见一二书肆刊单出赁小说,上列一百五十余种,多不经之语,海淫之书,贩买于一二小店如此,其余尚不知几何。"④一行,嘉庆二十三年(1818)诸联《生涯百咏》卷一《租书》诗云:"藏书何必多,《西游》《水浒》架上铺;借非一(希瓦),还则需青蚨。喜人家记性无,昨日看完,明日又借租。真个诗书不负我,拥此数卷腹可果。"清末民初的文人也曾经注意到,"(馒头铺)顶不讲理的是外带着赁书,他那几种书不但名目特别,就是《三国》《列国》(《东周列国志》)……谁要爱看,非有押账不赁,真逼得穷老太太把钳子(耳环)都摘下来作了押账啦,爱听可没法子。及至把书赁了来还得求人,好念哪"⑤。一部《红楼梦》卖几十两银子,照样销售火爆;租书业生意兴隆,足见读者追捧之力;穷老太太爱听小说,情愿典当首饰也要请人朗读。从王公大臣到

---

① 一粟:《古典文学研究资料汇编·红楼梦卷》,中华书局1980年版。
② (清)曼殊震钧:《天咫偶闻》,北京古籍出版社1982年版,第33页。
③ 滕绍箴:《清代八旗子弟》,中国华侨出版公司1989年版,第63页。
④ 王利器:《元明清三代禁毁小说戏曲史料》,上海古籍出版社1981年版。
⑤ (清)待余生、逆旅过客:《燕市积弊·都市丛谈》,北京古籍出版社1995年版,第81页。

平民百姓，小说的热情读者可谓比比皆是。八旗子弟对小说的热爱，在描写旗人生活的作品中都有所反映。《红楼梦》第二十三回载茗烟想逗贾宝玉开心，"便走去到书坊内，把那古今小说并那飞燕、合德、武则天、杨贵妃的外传与那传奇脚本买了许多来，引宝玉看"，贾宝玉见到之后如获至宝，不但自己爱不释手，还同林黛玉一起读；《儿女英雄传》第三十九回，写江湖英雄邓九公为朋友安学海准备的书房案桌上摆着几套书，是"一部《三国演义》、一部《水浒传》、一部《绿牡丹》，还有新出的《施公案》和《于公案》"。这些文字无意间告诉我们，对富贵旗人来说，买小说读是一种很常见的娱乐活动。八旗子弟大部分都受过良好教育，经济上又比较富足，买书、租书、读书都是非常轻松愉快的事情。在娱乐的时候改编小说篇目，将彼此都熟悉的故事用另一种方式吟唱出来，显然是一件既容易理解又富于创造力的事情。

　　清代的北京，戏曲的流行程度又远远超过小说。清军刚入关的时候，豫亲王多铎、顺治帝就表现出了对戏曲的浓厚兴趣，康熙帝、乾隆帝下江南的时候，就带回大批江南名伶入宫教习太监唱曲，并在宫中设立专管唱戏的部门昇平署。嘉庆帝看戏认真投入，"排新戏之前，每一角色由哪一太监扮演，他都要安排妥当。""咸丰帝颇通音律，对戏曲伴奏场面也很感兴趣，他写出的御制清曲就交给太监们'打工尺'，曾多次演唱。"[①] 慈禧太后更是个著名的戏迷，"她曾在宫中组织了一个'普天同庆'科班。这个科班不归昇平署管，而由慈禧直接管辖"[②]。上行下效，王公大臣里面也出了大批戏迷。清人崇彝在《道咸以来朝野杂记》中说："早年王公府第，多自养高腔班或昆腔班，有喜寿事，自在邸中演戏。"并说，清嘉庆、道光年间的贝勒奕绮，同

---

① 丁汝芹：《南府、昇平署里的太监们》，《紫禁城》1996年第1期，第27—29页。
② 赵志忠：《满族与京剧》，《满族研究》2004年第1期，第49—54页。

治、光绪年间的贝勒载澄都是当时著名的票友,经常参加演出,在京城颇有名气。道光帝的三弟淳亲王緜恺自幼酷爱戏曲,为了排戏,甚至不惜将南府太监苑长青私藏府中,以致受到革爵的处分。①《啸亭杂录》记载:"果勒敏,字杏岑,博尔济吉特氏。世袭子爵,官杭州将军。罢归,穷极无聊,日游戏园,颇通词曲。"②《红楼梦》里贾府买了12个女孩子学戏就是当时社会现实的反映。

嘉庆、道光年间,北京旗人中出现了很多业余演员,也成立了一些子弟票房。"当时管不正式登台卖艺,自行娱乐的演唱,名之曰'走票'。演唱者,称为'票友'。由票友所组成的演唱地点,称之曰'票房'。票房有首领一人,称为'把头'或'票首'。票房都有一定的'过排'(演唱)日期,每月三次或四次,不穿行头。对参观的人只收数文茶资。"比较有名的票房有风流自赏票房、翠峰菴赏心乐事票房、悦性怡怀票房、公悦自赏票房等③。演员都是八旗子弟。比较典型的是光绪年间的"韩票","为理藩院书吏韩季长所创办。班中人才甚多,以陈子芳(唱旦角,学余紫云,为兵部书吏)、魏曜亭(唱花旦,学田桂凤,亦某部书吏)最负盛名。韩自饰小生,尚不恶"④。民国年间许多著名京剧票友、演员都是旗人出身,"红豆馆主、清逸居士、卧云居士、金仲仁都是出身于清宗室爱新觉罗氏的演员。清逸居士本名溥绪,曾袭封为晋庄亲王,民国初年落为平民"。"红豆馆主本名溥侗,生于1871年,为清道光皇帝之孙载治的第五子,光绪年间曾封二等镇国将军。"四大名旦中有两位是旗人。程砚秋是正黄旗满人,"先祖曾在清初摄政王多尔衮部下为官,入关后战死于疆场。其五世祖为清代中期知名的政治家、文学家英和,其父尚有世袭爵

---

① 参见(清)王先谦《九朝东华录》,光绪年间刻本。
② (清)昭梿:《啸亭杂录》,中华书局1980年版,第16页。
③ 参见金启孮《京旗的满族(续)》,《满族研究》1990年第1期,第70—75页。
④ (清)昭梿:《啸亭杂录》,中华书局1980年版,第11页。

禄"。"尚小云为汉军旗籍人,清平南王后裔。"①

可以说,从皇帝到百姓,几乎每个旗人阶层都有大量的热情戏迷存在。听戏不满足就自己唱戏,然而唱戏又对时间、精力和个人条件要求很高,那么将舞台上流行的剧目改编为子弟书吟唱,无疑是享受戏曲的简便方式。子弟书从戏曲中取材的篇目,在现存的清代戏单上都有所体现。清代宫廷专门的戏曲机构昇平署保留的戏曲剧目中,有《游园》《拾画》《折梅》《惊梦》《寻梦》《学堂》(以上几种为传奇《牡丹亭》选段)、《絮阁》(《长生殿》选段)、《阳告》(《焚香记》选段)、《思凡》(《孽海记》选段)、《寄柬》(《西厢记》选段)、《踏伞》(《拜月亭》选段)、《琴挑》《井遇》《偷诗》《姑阻》《失约》(以上几种为《玉簪记》选段)等,这些篇目都曾被改编为子弟书。《缀白裘》是一部折子戏选集,收录了清代戏曲舞台上主要的流行剧目。改编于戏曲的 194 篇子弟书里,有 94 篇改编自《缀白裘》所收录的折子戏。《缀白裘》只收录了乾隆三十九年以前的剧目,子弟书的创作却从雍乾时期一直延续到清末,剩下的 100 篇中有很多是清代中后期流行的剧目,这一数字足以证明,目前存世的子弟书里,1/3 以上都来自清代舞台上流行的戏曲片段。从戏曲和小说改编的子弟书数量占到现存子弟书的74%,可见旗人对戏曲和小说的热爱深深地影响了子弟书的创作。

三 子弟书的内容选择和艺术追求

从子弟书的内容上看,作者选取的故事都以世情和爱情故事为主。不仅仅是改编作品,就连原创作品也是如此。其中,占比例最大的还是描摹世态炎凉的作品。即便是改编《三国演义》《水浒传》的子弟书,作者也选择那些能够表现人物内心情感和生活矛盾的段落,

---

① 赵志忠:《满族与京剧》,《满族研究》2004 年第 1 期,第 49—54 页。

而很少选择厮杀的场景。比如子弟书《长坂坡》，本是赵云救阿斗的故事，而作者却把笔墨完全放在糜夫人和赵云的对话上，重点就是写赵云的为难、忠烈和糜夫人的悲伤与决断。至于后来赵云如何怀抱阿斗厮杀，子弟书只字未提。而清代戏曲和小说都很流行的公案和侠义故事，在子弟书中竟连一篇也找不到。其原因与子弟书的体裁有关。在鼓词里，交代情节发展变化，讲述故事的发展脉络，多以说白出之。"在书中情感比较强烈、言之不足时，用'唱'；当人物感叹、悲伤，进行抒情性的内心独白时，也用唱；至于对人物外形、兵刃坐骑、厮杀场景、环境气候等的描绘，也常用唱词来完成。"[1] 子弟书没有说白部分，那么就只能尽可能简化情节，减少不必要的头绪。子弟书篇幅短，每回一二百句，一两千字，只能讲述简单的故事，一二个人物，像绘画一样描摹人物的心理和对话，而很难容纳曲折的情节、多样的人物、复杂的故事。另外，子弟书只唱不说，以音乐动人，很善于抓住某一个情感瞬间无限延伸，用婉转的音乐和歌喉打动听众。如果用演唱的方式交代复杂故事的头绪，不仅不及说白便利，还可能造成唱词烦琐可厌。这一特点是说唱文学创作中的普遍规律。"从文本的选择来看，评话、鼓词等长篇大书的艺人们喜欢选取以讲史、公案、侠义、神怪为题材内容的'说书体'小说来进行改编和演说。……至于小书呢，则以说唱人情冷暖和世俗悲欢见长，其改编对象多为《白蛇传》《百宝箱》《玉堂春》《占花魁》《十五贯》《二度梅》《红楼梦》等描摹人情世态的小说；即使演说沙场征战的故事，也要发挥小书的优势，根据接受者的口味，对小说进行一番取舍与改造。……它不太擅长演说战争，对打斗描写也不感兴趣；它感兴趣的

---

[1] 纪德君：《北京鼓词〈封神榜〉对〈封神演义〉的因革》，《北京社会科学》2007年第6期，第77—83页。

是英雄好汉的儿女情长,擅长描摹的也是男女爱情和悲欢离合。"① 子弟书选择的故事,多半是长篇传奇小说中最能表现人物丰富的心理情感,或者最能体现人物之间矛盾冲突的篇章。其内容的"世情性"特点十分突出。

子弟书在选择题材的时候,注重的是艺术效果而不是思想意识。子弟书所涉及的故事里,思想意识自相矛盾的地方很多。一方面有《雪梅吊孝》《双官诰》等宣扬妇女节烈的作品;另一方面又大量改编《西厢记》《牡丹亭》《玉簪记》的故事,津津乐道才子佳人的私情。子弟书作者在改编原著的时候,一般只是在情节语言上有所增删,至于原著的思想意识,从来都是不加分析地接受,从不做翻案文章。但对子弟书的语言文字,则是精雕细琢,精益求精。比如子弟书《忆真妃》取材于清代洪昇《长生殿》第二十九出《闻铃》,写过了马嵬坡后,唐明皇于剑阁缅怀缢死的杨玉环。原文本身就非常精美了:

> 淅淅零零,一片凄然心暗惊。遥听隔山隔树,战合风雨,高响低鸣。一点一滴又一声,一点一滴又一声,和愁人血泪交相迸。对这伤情处,转自忆荒茔。白杨萧瑟雨纵横,此际孤魂凄冷。鬼火光寒,草间湿乱萤。只悔仓皇负了卿,负了卿!我独在人间,委实的不愿生。语娉婷,相将早晚伴幽冥。一恸空山寂,铃声相应,阁道崚嶒,似我回肠恨怎平!

面对这样凄美的文字,子弟书作者不甘示弱,在原文基础上增加了大量更加缠绵悱恻的唱词:

> 似这般不作美的铃声不作美的雨,怎当我割不断的相思割不

---

① 纪德君:《从案头走向书场——明清时期说书对小说的改编及其意义》,《文艺研究》2008年第10期,第45—51页。

断的情。洒窗棂点点敲人心欲碎，摇落木声声使我梦难成。当啷啷惊魂响自檐前起，冰凉凉彻骨寒从被底生。孤灯儿照我人单影，雨夜儿同谁话五更。乍孤眠岂是孤眠眠未惯，怵泉下有个孤眠和我同。从古来巫山曾入襄王梦，我何以欲梦卿时梦不成。莫不是弓鞋儿懒踏三更月，莫不是衫袖儿难禁午夜风。莫不是旅馆萧条卿厌恶，莫不是兵马奔驰你怕惊。莫不是芳卿意内怀余恨，莫不是薄幸心中少至诚。……

一会儿写雨，一会儿写情，一会儿从自己的角度写，一会儿又猜度杨妃的心思，从多个角度挖掘唐明皇的悲哀和孤独，追求催人泪下的艺术效果。文字做到如此地步，作者可谓挖空心思矣。这种对于情感和语言的艺术追求在所有子弟书里都有体现。原因同子弟书的娱乐作用有关。八旗子弟创作和欣赏子弟书的目的在于自娱娱人，完全没有必要在轻松随意的场合还板起脸来进行道德说教。而要达到娱乐目的，就一定要在打动人心方面下功夫。而且，子弟书兴盛时期，八旗子弟还成立了专门的书会，把创作、演唱子弟书作为联络友谊、炫耀才情、比赛学问的手段。目前最早出现的子弟书理论专著《书词绪论》是嘉庆二年顾琳所作，其中有一章专门论及立社："仅择知好五六人，或八九人，余有情面莫却者，均为附社。择清静禅房，每月一社，或一岁八社。……喜说者说之，不喜说者听之。其说者工妙与否，不许讥评。"[①] 既然不许讥评，可见子弟书创作和演唱受到评论是很常见的事情，否则也不必在社规中专门指出了。为了避免受到嘲笑和指摘，作者必须在语言锤炼上下功夫，很自然就形成了追求子弟书艺术效果的风气。光绪年间，子弟书创作大家韩小窗曾在沈阳成立

---

① （清）顾琳：《书词绪论》，选自关德栋、周中明《子弟书丛钞》，上海古籍出版社1984年版，第817—832页。

"荟兰诗社",每逢聚会就把新创作的子弟书贴在茶馆墙上任人品评。该诗社成员喜晓峰、春澍斋等人还留下了同时改编《长生殿·闻铃》并互相欣赏彼此作品的佳话。① 现存子弟书里,同一题材改编而来的不同篇目为数不少,当是这类风气的产物。

  子弟书的题材内容,79%来源于汉文小说戏曲以及其他文体,可见八旗子弟对汉文化的热爱。八旗子弟不仅在正规教育和人才选拔体系中贯彻儒家道德和汉族的文化思想,就连闲暇的时候都把汉文化作为重要的娱乐内容。这一历史事实耐人寻味。经典汉文化规范了旗人的政治统治和文化教育,俗文学则垄断了旗人的娱乐生活。闲暇的时候,八旗子弟阅读汉文小说,听汉文戏曲,他们从小就熟悉这些故事,热爱这些故事,还用优美流利的汉文改编这些故事,力求在语言文字上精益求精。可以说,他们每代人都浸泡在这些故事里过了一生。这些故事成了这个民族的集体无意识的一部分,造就了——至少是部分造就了——这个民族的文化。受汉人士大夫轻贱的俗文学,却在旗人手里发展成一种新颖独特的文体。这个过程既体现了汉文化强大的同化力,又体现了满文化对汉文化的丰富和发展,满汉文化的互动所产生的不可思议的合力让人叹服。

---

① 参见任光伟《子弟书的产生及其在东北之发展》,《曲艺艺术论丛》1981年第1期,第103—107页。

第一章

取材于先秦至宋元时期作品的子弟书

《子路追孔》,珍本,第 4 页

清奉天东都石印局本,取材于《论语·微子十八》。原文是:

> 子路从而后,遇丈人,以杖荷蓧。子路问曰:"子见夫子乎?"丈人曰:"四体不勤,五谷不分,孰为夫子?"植其杖而芸。子路拱而立。止子路宿,杀鸡为黍而食之,见其二子焉。明日,子路行,以告。子曰:"隐者也。"使子路反见之。至,则行矣。

子弟书将其扩充为 2100 多字的抒情诗。对丈人的房屋和室内摆设以及吃饭过程大书特书。子路见孔子之后回来游说丈人之子的文字也占了相当篇幅。前者可以看出子弟书喜欢铺陈细节的传统,后者则表明作者宣传儒家思想的热忱。但是一开始子路和丈人的对话则看出作者对《论语》的理解有问题。原文是要表达丈人对孔子的批评,而子弟书里则成了普通人之间的闲话。

《孔子去齐》，全本，第 34 页

取材于《论语·微子十八》。原文是：

　　齐景公待孔子，曰："若季氏则吾不能，以季、孟之间待之。"曰："吾老矣，不能用也。"孔子行。齐人归女乐，季桓子受之。三日不朝，孔子行。楚狂接舆歌而过孔子曰："凤兮！凤兮！何德之衰？往者不可谏，来者犹可追。已而，已而！今之从政者殆而！"孔子下，欲与之言。趋而辟之，不得与之言。长沮、桀溺耦而耕，孔子过之，使子路问津焉。长沮曰："夫执舆者为谁？"子路曰："为孔丘。"曰："是鲁孔丘与？"曰："是也。"曰："是知津矣。"问于桀溺。桀溺曰："子为谁？"曰："为仲由。"曰："是鲁孔丘之徒与？"对曰："然。"曰："滔滔者天下皆是也，而谁以易之？且而与其从辟人之士也，岂若从辟世之士哉？"耰而不辍。子路行以告。夫子怃然曰："鸟兽不可与同群，吾非斯人之徒与而谁与？天下有道，丘不与易也。"子路从而后，遇丈人，以杖荷蓧。子路问曰："子见夫子乎？"丈人曰："四体不勤，五谷不分，孰为夫子？"植其杖而芸。子路拱而立。止子路宿，杀鸡为黍而食之，见其二子焉。明日，子路行，以告。子曰："隐者也。"使子路反见之。至，则行矣。

本篇子弟书就是这段故事的翻译。第一回写齐景公不能用孔子之言，向鲁国赠送女乐。孔子愤而出走遇见楚人作歌。第二回写子路遇见长沮、桀溺以及后来的荷蓧丈人。第三回写丈人招待子路，子路第二天离开丈人家找到孔子，孔子让子路返回丈人家游说丈人出来做官。丈人不在家，子路就向丈人的两个儿子讲了君臣之义不可废，有识之士应该出来做官的大道理。

本篇子弟书的语言水平很一般,第三回的内容同《子路追孔》虽然一致,但细节铺陈方面远不及之。从中可见不同水平的子弟书作者面对同样题材的处理方式不同。文学水平高的作者并不需要太多内容,细节的开展和语言的铺陈足以完成一篇完整的子弟书。而水平较低的作者就需要相对复杂的情节来支撑子弟书的篇幅。两篇子弟书对照阅读,高下立显。

《孟子见梁惠王》,鹤侣氏作,车王府本,第53页

取材于《孟子·卷一·梁惠王上》。

内容基本上同原文一致,写孟子劝梁惠王行仁政事。除了用生动明了的白话翻译故事之外,还增加了许多生动的细节,比如梁惠王的表情,使得孟子见梁惠王的整个过程就像电影一样在读者面前重现。

《齐人有一妻一妾》,鹤侣氏作,车王府本,第132页

取材于《孟子·卷八·离娄下》,有人说取材于明传奇《东郭记》,看情节语言不似。《东郭记》里妻妾发现齐人的秘密之后依然守候着他,后来还给他生了儿子。齐人后来当上将军,同妻妾同享富贵。

内容基本同原文一致,写齐人在坟场乞食却骗妻妾说结交富贵之事。但是有一点不同,那就是给齐人增加了身份的来龙去脉,说齐人本是有钱人,因为胡作非为荡尽了家财。后来妻妾要求离婚,最终齐人饿死坟场。写齐人吹嘘自己结交富贵人时的语言情态极为生动,很传神地写出了当时北京的世态人情。

《炎凉叹》,全本,第197页

取材于《战国策·卷三·秦一·苏秦始将连横说秦章》。内容同原文完全一致:

第一章
取材于先秦至宋元时期作品的子弟书

说秦王书十上而说不行。黑貂之裘弊，黄金百斤尽，资用乏绝，去秦而归。羸縢履蹻，负书担橐，形容枯槁，面目犁黑，状有愧色。归至家，妻不下纴，嫂不为炊，父母不与言。苏秦喟叹曰："妻不以我为夫，嫂不以我为叔，父母不以我为子，是皆秦之罪也。"乃夜发书，陈箧数十，得太公阴符之谋，伏而诵之，简练以为揣摩。读书欲睡，引锥自刺其股，血流至足。曰："安有说人主不能出其金玉锦绣，取卿相之尊者乎？"期年揣摩成，曰："此真可以说当世之君矣。"

于是乃摩燕乌集阙，见说赵王于华屋之下，抵掌而谈。赵王大悦，封为武安君。受相印，革车百乘，锦绣千纯，白璧百双，黄金万镒；以随其后，约从散横，以抑强秦。

故苏秦相于赵而关不通。当此之时，天下之大，万民之众，王侯之威，谋臣之权，皆欲决苏秦之策。不费斗粮，未烦一兵，未战一士，未绝一弦，未折一矢，诸侯相亲，贤于兄弟。……

将说楚王，路过洛阳，父母闻之，清宫除道，张乐设饮，郊迎三十里。妻侧目而视，倾耳而听；嫂蛇行匍匐，四拜自跪而谢。苏秦曰："嫂何前倨而后卑也？"嫂曰："以季子之位尊而多金。"苏秦曰："嗟乎！贫穷则父母不子，富贵则亲戚畏惧。人生世上，势位富贵，盖可忽乎哉！"

《子弟书全集》认为出自《金印记》，误。虽然都是讲述苏秦故事，但《战国策》的细节与《金印记》完全不同。《金印记》里苏秦回家想投井却遇到叔叔、妻子焚香祷告的情节，本篇子弟书完全没有。语言同《金印记》也毫无相似之处，反之同《战国策》原文的语言一致程度惊人，几乎可以看成原文的翻译和细节扩充。

《武陵源》，芸窗作，车王府本，第 144 页

取材于陶潜《桃花源记》。基本故事同原文，但是桃花源里的世界笔墨不多，渔人寻花则大书特书。文笔既能生动地写出渔人的心情，又不失诗情画意，把一个桃花流水写得如同水墨画一样恬淡优美。可与王维的《桃源行》参照阅读。

《幽明录》（14 篇）

《天台传》，渔村作，车王府本，第 185 页

取材于南朝刘义庆小说《幽明录》"刘辰阮肇"。后世虽有相同题材的杂剧、传奇，但看子弟书的语言情节，还是从最初的《幽明录》版本来的。另外，开头诗篇有"客居旅馆甚萧条，采取奇书手自抄"之句，更可证明是从小说中改编的。写刘辰、阮肇二人入山采药，结识仙女，半年后回家发现早已过了几百年，家乡只有自己的第七代玄孙。子弟书的内容同原文一致，语言轻松流畅。

《桃洞仙缘》，文西园作，珍本，第 125 页

傅惜华藏清抄本。取材于《幽明录》"刘辰阮肇"，内容同原文一致。写刘辰、阮、肇二人入山采药，结识仙女，半年后回家发现早已过了几百年，家乡只有自己的第七代玄孙。语言清丽，写春日山中景致自然化用《西厢记》"落红满地胭脂冷"，入句不露痕迹。可见文西园的文学素养要高于渔村。

《天台奇遇》，全本，第 782 页

取材于南朝刘义庆小说《幽明录》"刘辰阮肇"。讲刘辰、阮肇二人入山采药，迷路后遇到两位仙女。这段故事在《天台传》中只用了半回笔墨，在《桃洞仙缘》中也只用了一回文字，而本篇足足敷衍成三回。作者文学水平很高，描摹风景人情的语言优美细腻，化用历代诗词曲文的名句不动声色。

《二仙采药》，全本，第791页

取材于南朝刘义庆小说《幽明录》"刘辰阮肇"。接续《天台奇遇》而来，讲刘辰、阮肇和仙女共享鱼水之欢，过了一段时间，刘阮二人思念家乡父母妻子，提出回乡。二位仙女流泪送别。二人回家后发现已过去一千年，见到的是自己的第七代孙辈。本篇子弟书的语言风格同《天台奇遇》完全一致，很可能是同一篇子弟书的上下两段。

《桃李园》，车王府本，第183页

取材于李白的《春夜宴诸从弟桃李园》序（《李太白文集》卷二十七）。

> 夫天地者，万物之逆旅；光阴者，百代之过客。而浮生若梦，为欢几何？古人秉烛夜游，良有以也。况阳春召我以烟景，大块假我以文章。会桃李之芳园，序天伦之乐事。群季俊秀，皆为惠连；吾人咏歌，独惭康乐。幽赏未已，高谈转清。开琼筵以坐花，飞羽觞而醉月。不有佳作，何伸雅怀？如诗不成，罚依金谷酒数。

原文本是抒情，子弟书则以此文为基础，写成一篇在叙事中抒情的文字，记录李白宴请李家子弟的过程。在记录中处处添加写景文字，自然妥帖不露痕迹，可谓生花妙笔。原文中的洒脱情怀和哲学思考都从李白的所思所言中吐露出来。子弟书将原文扩充了好几倍，但保留了原文风格，改编相当成功。

《琵琶记》，车王府本，第 858 页

取材于白居易长诗《琵琶行》。内容和原文一致，写不得志的文人和容颜已逝的琵琶女在江上会面，各谈心事，欣赏琵琶。语言在原诗的风格基础上再加扩充，越发显得如泣如诉，写景抒情淋漓尽致。《琵琶行》的语言本身就是极为形象优美的诗语，子弟书在挑战原诗的时候，竟然能做到语言与之匹配，艺术水平丝毫不低于原诗，实在难能可贵。

《雪江独钓》，煦园氏作，珍本，第 483 页

民族图书馆藏刘复"旧抄北平俗曲"本。子弟书作者显然是受唐柳宗元的《江雪》启发："千山鸟飞绝，万径人踪灭。孤舟蓑笠翁，独钓寒江雪。"子弟书通篇都是这种意境。柳宗元的诗还有苍凉清寒的一面，而本篇子弟书则只写渔翁的淡泊名利、逍遥自在。渔家无忧无虑的生活，四季美丽的风景，都写得极为传神，虽借用柳宗元的意境，但是比他快乐开朗得多。

《黔之驴》，鹤侣氏作，车王府本，第 237 页

取材于唐柳宗元《黔之驴》。

基本故事和评论都同原文一致，但是加上了药贩子卖药一出，既交代了驴为何来到贵州，也为文章增加了浓厚的生活气息。老虎的心思写得固然很生动有趣，但是本文更出彩的是前文药贩子卖假药的说辞和嘴脸。子弟书不愧是市民文学，写小市民总是写得极为生动传神。

《红拂女私奔》，松窗作，车王府本，第 1111 页

取材于唐传奇《虬髯客传》，明清时虽有传奇《红拂记》，除讲述红拂事外，还有乐昌公主的情节。看子弟书的情节结构、细节安排，当出自《虬髯客传》。

故事同原文一致，写杨素的姬妾红拂爱上李靖，同他私奔，途中与虬髯客结拜为兄妹。虬髯客本有一统天下之志，见到李世民后自感不及黯然离开。这篇子弟书的改编相当成功。红拂胆略过人的性格特点在心理和对话描写上处理得更加丰满，比如和李靖纵论天下大事，眼光韬略俨然一个谋士；虬髯客拿出人头，红拂谈笑中从人头里挖出眼珠吃下去，这样的做派简直比虬髯客还要豪爽。结合红拂的性格，这样的言行虽然惊人，但也合情合理。人物形象在合理范围内塑造得血肉丰满，不由人不敬佩松窗的文字。

《负心恨》，金永恩作，珍本，第 170 页

金氏家藏本。取材于唐蒋防小说《霍小玉传》。

写李益同沦落为娼妓的霍王之女小玉相爱，许诺迎娶小玉，然而回家之后就另娶他人。小玉抑郁成疾，费尽资财打探消息。黄衫客将李益带回小玉家，小玉见到李益痛责之后就去世了。李益从此之后家庭生活中出现许多怪事，嫉妒成性。子弟书的故事同原文基本一致，语言也并无太大出色之处，只不过是古文改白话文，散文改韵文而已。

《佛旨度魔》，正修道人作，珍本，第 493 页

取材于唐代实叉难陀译《佛说救面然饿鬼陀罗尼神咒经》。

写阿难尊者打坐时，饿鬼前来忏悔，请求超度。阿难告诉释迦牟尼，释迦牟尼大展神通，拯救地狱饿鬼。很可能用于放焰口的时候说唱。清代有习俗，丧葬仪式上或者是农历七月十五中元节都要请和尚念经，超度孤魂野鬼升天。本文就是这种场合说唱的段子。

《面然示警》，车王府本，第 165 页

取材于唐代实叉难陀译《佛说救面然饿鬼陀罗尼神咒经》。

写阿难尊者打坐时，饿鬼前来忏悔，请求超度。看语言很可能是《佛旨度魔》的压缩本。出自放焰口时讲唱的佛经。

《秋声赋》，全本，第 1828 页

取材于北宋欧阳修的《秋声赋》。其语言和内容同原文比较接近。看得出子弟书作者竭力想要用韵文的形式表现《秋声赋》中的沧桑感和诗意。本篇子弟书的写作也算成功，但其思想和文采终究不及原文深远萧瑟。

《赤壁赋》，车王府本，第 179 页

取材于苏轼《后赤壁赋》。原文风格风清骨峻，子弟书在此基础上把原文改成韵文，依然保留着原文超逸寒寂的风格。子弟书作者可谓笔法多端。写世俗生活可以极俗极生动，写文人雅集又可以极幽寂极清远。运用语言的水平，真可以说是出神入化。原文写寒夜游览山川还只是点染几笔，而子弟书则能将那一点而过的过程补叙铺陈出来，又完全不失原文风貌，真令人怀疑是苏子再生了。

《西厢记》（12 篇）

《西厢记（八回）》，珍本，第 176 页

取材于元代王实甫杂剧《西厢记》。傅惜华编《西厢记说唱集》所收旧抄本。

从张生游寺写到长亭饯别，基本情节同原文。写张生遇到崔相国夫人带着女儿崔莺莺寄居普救寺，叛将孙飞虎想抢夺莺莺为妻，老夫人许诺将莺莺许配给能退兵的人。张生给好友白马将军杜确写信退了孙飞虎，但不料老夫人赖婚。在丫鬟红娘的帮助下，张生和莺莺还是私定终身。后来事情败露，老夫人无奈许婚，但要求张生马上进京赶考，中了状元才能回来正式成亲。但在莺莺的形象和细节上，子弟书做了一番修改。原文中的莺莺是大家闺秀，即使内心爱慕张生，也要考虑自己的身份，给张生寄简还想瞒过红娘，把张生约到后花园却又顾忌礼法，将其赶走；只是后来情之所至，才信赖红娘，同张生私结连理。子弟书里的莺莺就没有这些曲折，一开始就在红娘的帮助下写信约会。莺莺的形象从大家闺秀变成了一个密约偷期的市井女子。而且，原文的语言极为华美，但子弟书的语言则比较俚俗。不能不承认，改编后的艺术效果要逊色于原文。

《全西厢（二十八回）》，全本，第1440页

取材于元代王实甫杂剧《西厢记》。

从张生游寺写到长亭饯别，基本情节同原文。写张生遇到崔相国夫人带着女儿崔莺莺寄居普救寺，叛将孙飞虎想抢夺莺莺为妻，老夫人许诺将莺莺许配给能退兵的人。张生给好友白马将军杜确写信退了孙飞虎，但不料老夫人赖婚。在丫鬟红娘的帮助下，张生和莺莺还是私定终身。后来事情败露，老夫人无奈许婚，但要求张生马上进京赶考，中了状元才能回来正式成亲。张生考中之后，准备回普救寺娶莺莺。但老夫人的侄子郑恒抢先一步到了普救寺，造谣说张生娶了卫尚书的小姐。老夫人一怒之下准备给郑恒和莺莺举办婚礼，恰好张生的书童及时赶到，说清原委。郑恒羞怒之下逃走，张生与莺莺有情人终成眷属。本部子弟书的情节和语言同原文高度一致，不仅情节亦步亦趋，连很多地方的语言都直接是原文的改写。但遗憾的是，子弟书作者的文采不及王实甫，缺乏杂剧《西厢记》里令人惊艳的笔墨。

《游寺》，车王府本，第 593 页

取材于元代王实甫杂剧《西厢记》第一本第一折。

写张生游寺见莺莺。原文情节比较简单，本文则将游寺见莺莺的过程写成完全的写景文字。全篇都是普救寺的风景和崔张二人的相貌。文字游戏色彩较重，许多地方使用了顶针回文等修辞格式。从叙事抒情上看很不必如此铺张，颇有文人卖弄笔墨之嫌。

《莺莺降香》，车王府本，第 420 页

取材于元代王实甫杂剧《西厢记》第二本第四折。

写老夫人赖婚后，莺莺夜里到花园烧香祈祷，听到张生弹琴，触动满怀情思。同原文内容基本一致，语言保持了原文优美含蓄的风格，又在此基础上增加了大量细节。子弟书作者的语言能力可谓高超。原文笔墨就非常精彩，语句雅丽，情韵悠长，很能体现莺莺大家闺秀的庄重气度。本文能够保持这种风格无所偏颇，难能可贵。

《红娘寄柬》，车王府本，第 193 页

取材于元代王实甫杂剧《西厢记》第三本第四折。

写莺莺派红娘给张生寄信，约好当天晚上到张生房间欢会。原文主要写红娘和张生的对话，非常俏皮幽默。本文对这一点写得比较平常，没有写出原文红娘的才智。但是本文增加了红娘在寄信路上的心理描写，非常细腻真实。

《西厢段》，全本，第 1370 页

取材于元代王实甫杂剧《西厢记》第四本第二折。

写崔张二人事发，红娘去请张生面见老夫人。本篇子弟书的情节重点并不在于写西厢故事，而是通过红娘的眼睛描摹张生的住处，从花园一直写到书房，不厌其烦地对每一个摆设津津乐道。其中还把二十八宿融进花园景物之中。虽然俏皮巧妙，但只有文字游戏的意义，文学价值不高。

《拷红》，珍本，第 190 页

杜颖陶藏抄本。取材于元代王实甫杂剧《西厢记》第四本第二折。

写崔张二人事发，老夫人拷问红娘，红娘和盘托出，并晓以利害，劝老夫人成全二人亲事。原文简洁痛快，说情析理干脆漂亮。改编文本在原文框架的基础上大量增加细节，虽然不及原文那么干脆痛快，但是细节言语也加得合情合理，枝叶丰满。

《拷红》，车王府本，第 1031 页

取材于元代王实甫杂剧《西厢记》第四本第二折。

写崔张二人事发，老夫人拷问红娘，红娘和盘托出，并晓以利害，劝老夫人成全二人亲事。细节增加得更多，篇幅几乎达到原文的几十倍。在原文框架上大加笔墨，汪洋恣肆，不由人不佩服子弟书作者的扩充能力。而且增加了莺莺的心理描述，她的惊慌、恐惧、羞涩，乃至一死的决心都写得极为周到详尽。

《双美奇缘》，全本，第 1381 页

取材于元代王实甫杂剧《西厢记》第四本第二折。

写崔、张二人事发，老夫人拷问红娘，红娘先前抵赖，最后和盘托出，并晓以利害，劝老夫人成全二人亲事。老夫人被说动，红娘就去

请来莺莺和张生，撮合二人成婚。语言漂亮流利，写红娘的抵赖和对莺莺的劝慰都入情入理，干脆痛快。

《长亭饯别》，车王府本，第 589 页

取材于元代王实甫杂剧《西厢记》第四本第三折。

写崔莺莺长亭饯别送张生赶考。内容、语句都承袭原文而来，没有太大突破。

《新长亭》，全本，第 1433 页

取材于元代王实甫杂剧《西厢记》第四本第三折。

写崔莺莺长亭饯别张生，送其赶考。本篇子弟书是残本，文字极为有限，本来不必作为一部独立的子弟书登记在册，但全本既然已经选录，不得不将之记下。

《梦榜》，云崖作，车王府本，第 378 页

取材于元代王实甫杂剧《西厢记》。

写张生进京赶考之后，莺莺对他极为思念，还梦见张生中探花郎。原文虽有莺莺思念的笔墨，但具体的心理描写不同。原文只是单纯思念，而子弟书里还有对功名的担心。梦中莺莺同文昌帝君对话，谈论张生的品行对功名的影响，这也是原文中没有的。从中可以看出，子弟书作者的功名之心，远远大于王实甫。

《琵琶记》（5 篇）

《赵五娘吃糠》，文西园作，车王府本，第 569 页

出自元代高明南戏《琵琶记》第二十一出《糟糠自咽》。

写饥荒之年，蔡伯喈赶考不归，其妻赵五娘尽心竭力伺候公婆，让公婆吃饭，自己躲在厨房吃糠。公婆怀疑赵五娘偷吃美味，追至厨房问明情由，抢糠而食，婆婆被噎死。子弟书的内容同原文基本一致，但婆婆的形象发生了变化。原文婆婆发现真相后愧悔难当，抢着吃糠是要和五娘同甘共苦。而子弟书中的婆婆夺过碗来的时候还不知道里面是糠，贪馋心切猛吞一口才导致不幸。原文里的婆婆比较贤明，子弟书中的婆婆则显得贪馋鲁莽。抒情方式也不同。原文表现赵五娘的痛苦，主要是通过吃糠的唱词。而子弟书并无这段唱词，将五娘的无奈和痛苦放在饥荒之年的种种难处上去表现。相比之下，子弟书写赵五娘的心情更为细致委婉。

《五娘行路》，车王府本，第764页

出自元代高明南戏《琵琶记》第二十九出《乞丐寻夫》。

写赵五娘的公婆死后，五娘在墓前哭灵，在邻居张大公的建议下进京寻夫，临行前向张大公辞行。原文的唱词只有几段，都集中在五娘描绘公婆画像上。至于五娘的孤独忧伤，对茫茫寻夫之路的担忧，对丈夫三年没有音信的怨恨，基本上没有涉及。子弟书的笔墨都花在五娘的悲痛和怨恨上。从婚前的回忆到婚后操持家计的艰难，都从五娘的回忆中道出，寻夫的犹豫和对丈夫变心的狐疑也都写得栩栩如生。

《五娘哭墓》，车王府本，第202页

出自元代高明南戏《琵琶记》第二十九出《乞丐寻夫》。

写赵五娘的公婆死后，五娘在墓前哭灵并准备进京寻夫。原文里五娘的孤苦悲伤只是一两段唱词而已，而子弟书用了大量笔墨写赵五娘的孤苦伶仃之痛和对蔡伯喈无情无义的控诉。语言怨愤有力，情感力度远远大于原文。玩其文句，本篇子弟书应该是从《五娘行路》中

压缩而来的。张大公被完全省略了，赵五娘的哭诉也是从《五娘行路》中挑选精彩语言拼接而成的。

《廊会》，车王府本，第 759 页

取材于元代高明南戏《琵琶记》第三十五出《两贤相遘》。

写赵五娘化装成道姑，到牛府与牛小姐相认。内容与原文一致，语言基本上是把原文的唱白改成清一色的韵文。风格朴实自然，同原文一致。

《廊会》（全五回），全本，第 385 页

取材于元代高明南戏《琵琶记》第三十四出《寺中遗像》、第三十五出《两贤相遘》、第三十六出《孝妇题真》和第三十七出《书馆悲逢》。

写赵五娘化装成道姑，趁蔡伯喈到弥陀寺进香之际，将公婆遗像挂在寺中，由蔡伯喈带回家中。然后，赵五娘到牛府与牛小姐相认。牛小姐让赵五娘在画上题诗。蔡伯喈回家后看到诗追问，牛小姐请出赵五娘，一家团圆。子弟书内容同原文一致，语言也有诸多相似之处。总的来说，本篇子弟书基本上就是对这几出戏的口语化翻译。

《得书》，白鹤山人作，车王府本，第 251 页

取材于宋元时期南戏《牧羊记·得书》，无名氏作，在明代徐渭的《南词叙录》中被列为"宋元旧篇"。《缀白裘》里作为折子戏有所保留。

写的是苏武被扣留匈奴境内 19 年，回国之后，寄信给投降的汉将李陵，李陵收到信后满腔怨悔的复杂心情。一方面，李陵思念家乡亲人；另一方面，又痛恨朝廷杀死全家，不给自己留一条报国之路。子弟书将李陵的乡愁、悲哀、怨愤都描摹得淋漓尽致，真切动人。

《奇逢》（一名《旷野奇逢》，又称《旧奇逢》），珍本，第 322 页

取材于元代施惠所作南戏《拜月亭·踏伞》。

写蒋世隆与妹妹在逃难路上失散，遇到王瑞兰。两人假扮夫妇一路同行。原文叙述这一过程比较简略，文字也比较粗糙。子弟书将这个过程大加润色，两人的心情和对话都写得极为精工富丽。蒋世隆逗王瑞兰的言行，王瑞兰的羞怯、无奈、娇嗔都描写得栩栩如生。

《新奇逢》，全本，第 2620 页

取材于元代施惠所作南戏《拜月亭·踏伞》。

写蒋世隆与王瑞兰互问身世，商量扮作夫妻一同逃难的对话。内容和语言同《奇逢》有相似之处，但远不及《奇逢》精彩。

《刘高手治病》，鹤侣氏作，珍本，第 329 页

清别野堂抄本。取材于元代施惠所作南戏《拜月亭·请医》。

写蒋世隆卧病旅馆，王瑞兰请来一位庸医诊治，笑话百出。子弟书内容同原文一致。原文中，本出的主要作用是插科打诨，语言诙谐但未免有啰唆过甚之弊。子弟书承袭了原文的喜剧风格，语言俏皮幽默，还在行文中巧妙镶嵌了大量的药名和病名，构思十分精巧。

第二章

取材于明传奇、鼓词的子弟书

《牡丹亭》（5篇）

《学堂》，珍本，第 248 页

北京图书馆藏抄本。取材于明代汤显祖传奇《牡丹亭》第四出《闺塾》。

写杜丽娘的父亲为之请来先生陈最良。杜丽娘带着丫鬟春香读书。春香淘气，贪玩顶嘴，被师父和小姐责打。基本内容同原文。原文就非常幽默热闹，写春香听不懂诗书乱打岔，文字十分诙谐。子弟书里增加了春香的外貌和动作描写，把春香的形象表现得更加细致生动。

《闹学》，罗松窗作，车王府本，第 549 页

取材于《牡丹亭》第四出《闺塾》。

内容同上文完全一致，就连字句前半截都差不多，但后半句是押波梭辙,而上文是押人辰辙,因而文辞做了一些调整。本文的句数比上文多,写人物动作语言比上文丰富。这两篇必有一篇是源,一篇是流。不知道本文是上文的扩充,还是上文是本文的压缩。

《游园寻梦》,罗松窗作,车王府本,第560页

取材于《牡丹亭》第十二出《寻梦》。

子弟书与原文内容有很大差异。原文写杜丽娘梦见柳梦梅后,春心荡漾,就到后花园中观景,寻找梦中欢会之地。然而只见满园春色,不见伊人,心情极为惆怅。子弟书写杜丽娘思春,让丫鬟春香去向陈最良请病假,春香捉弄先生。杜丽娘请假之后去游园,满怀惆怅。

子弟书与原文风格也大异。原文全文写美丽的春色,杜丽娘徒然虚耗的美丽青春,以及满怀的幽怨。而子弟书则将前两回写成主仆、师生的调笑戏谑,生动有趣,饶有民间风俗画之风情。第三回写游园伤春,却写得比较程式化。伤春是文学史上常见的主题,一不小心很容易流于形式。子弟书落此彀中也不难理解。原文的笔墨堪称绝唱,写杜丽娘眼前的每个细节都是她内心春情的反映。飞花是她飞扬的心绪,梅树是她幽怨的寄托,没有一处闲笔。而子弟书没有吃透这一点,没学会原文水乳交融的笔法,用外在景色寄托内心情感,只是外写不相干的春色,内写不相干的春情,情与景仿佛水与油般毫无关系,因此不能动人。

《离魂》,罗松窗作,车王府本,第555页

取材于《牡丹亭》第二十出《闹殇》。

写杜丽娘梦见柳梦梅后,伤春成病,八月十五之夜夭亡。内容上,本文还增加了端午病重的情节。原文语言华丽,写杜丽娘临终的伤感,不能奉养父母的悲痛。子弟书的语言不及原文华美,相对俚俗了一些，但是大大增加了杜丽娘和杜宝夫妇的心情描写，对父母中年丧女的悲痛心情渲染得极为细腻真切。原文交代了杜丽娘去世后塾师陈最良、丫鬟春香等人的举动，子弟书则写到杜丽娘身亡而止。

《离魂》，全本，第2573页

取材于《牡丹亭》，但内容完全不一致。

本篇子弟书写杜丽娘死后马上还阳，奉养父母，还劝父亲纳春香为姜好生子，父亲拒绝，杜夫人五十二岁又生了一子，该子考上状元。可能是子弟书作者不认同杜丽娘为情而死不顾父母的行为，有意做翻案文章。

《和戎记》（4篇）

《明妃别汉》，珍本，第94页

光绪二十九年海城合顺书房本。昭君故事版本极多，有马致远的《汉宫秋》、明传奇《和番记》，还有昆曲《青冢记》之《出塞》。傅惜华认为本篇子弟书改编自昆曲折子戏《青冢记·出塞》，可以理解。因为这是清代最流行的昭君故事。但考证《青冢记》唱词，发现无论情节还是语言都同子弟书的差别很大。明传奇《王昭君出塞和戎记》的唱词同子弟书相似，因此笔者采信于《和戎记》。整部传奇的故事是汉元帝凭画像选妃，王昭君入宫之后不肯贿赂画工毛延寿，被毛延寿在画像上点了一颗伤夫痣，一直囚禁在冷宫。三年半后的一个八月十五之夜，王昭君与汉元帝无意之间相会，昭君得宠。毛延寿惧罪逃往匈奴，将王昭君的画像献给单于。单于见到画像后发兵南下，要求娶昭君为妻。元帝无奈，只好与昭君洒泪而别。王昭君在黑河投水自尽。本篇子弟书改编的就是昭君与汉元帝洒泪而别的一段，内容虽然与原文一致，但本篇子弟书的用韵非常奇怪。一般来说，子弟书一回只押一道辙，一韵到底，中途不换韵。但本篇竟然时而用言前辙，时而用江洋辙，这在子弟书里面是绝无仅有的。存在这种情况有两种可能：一种可能是本篇子弟书出现时间很早，属于草创时期不成熟的作品；另一种可能是本篇子弟书的作者不谙北京方言，分不清言前辙与江洋辙在音律上的区别。

《出塞》，车王府本，第 1587 页

取材于明传奇《王昭君出塞和戎记》。

写昭君与汉元帝分别后，一路向北行进。经过李陵苏武庙的时候，托鸿雁寄血书一封，投黑河自尽。《和戎记》有"告雁"一段唱词，同本篇子弟书的语言相似。本篇子弟书的文笔更为细腻，描摹塞北风光如画。昭君托鸿雁寄书整整用了三回的篇幅，主要写昭君的悲伤与思念元帝之情。虽然有时候抒情过多有冗赘之嫌，但整体看来还是缠绵悱恻，优美动人。在现存所有关于昭君出塞的子弟书中，本篇文笔最为精彩。

《新昭君》，全本，第 302 页

取材于明传奇《王昭君出塞和戎记》。

写昭君北行路上经过李广坟的时候，托鸿雁寄血书一封，投黑河自尽。语言自然亲切，通俗而不失婉转。写昭君所见所闻如在目前，对于昭君的心理也揣摩得极为真切到位。昭君虽然舍不得故国父母，但是深明大义，怨而不怒。子弟书作者的笔法可谓深得温柔敦厚之旨。同车王府本《出塞》中的昭君形象相比，本篇的昭君缠绵细腻不及，但深明大义过之。

《出塞》，罗松窗作，珍本，第 97 页

傅惜华藏本，取材于明传奇《王昭君出塞和戎记》，是全本子弟书《新昭君》的缩写。

写昭君与汉元帝分别后，一路向北行进，思念家乡父母，感叹命运多舛，故事写到昭君经过李广坟的时候戛然而止。无论是从内容的完整性，还是从语言的精致性上看，都不及《新昭君》。

《彩楼记》（6 篇）

《全彩楼》，文西园作，车王府本，第 1305 页

取材于明代无名氏传奇《彩楼记》。

写大户小姐刘千金，抛绣球选中穷书生吕蒙正。刘员外夫妇嫌贫爱富，将女儿女婿双双赶出家门。吕氏夫妇破窑安身，受尽饥寒，蒙正还遭到僧人戏弄。吕后来赶考得中状元，夫荣妻贵，与岳父母重归于好。子弟书内容与原文基本一致，但增加了两个人物——木兰寺昙云长老和算命先生邢先兆，他们对贫穷时期的吕蒙正帮助良多。另外，子弟书作者还把吕蒙正发迹后买的两个仆人换成了昔日的邻居母子。子弟书的基本框架结构虽和原文一致，但增加了大量细节，包括情节、人物相貌、心理描写和对话，无不栩栩如生，叙事比原文更加合情合理。

《吕蒙正困守寒窑》，全本，第 1715 页

取材于明代无名氏传奇《彩楼记》。

从吕氏夫妇破窑安身，受尽饥寒，吕蒙正被僧人戏弄，写到吕蒙正

第二章
取材于明传奇、鼓词的子弟书

后来赶考得中状元，夫荣妻贵，与岳父母重归于好。本篇子弟书有许多错误。吕蒙正去木兰寺赶斋时和两个恶僧吵架的一段同下文遇见长老诉苦的内容对不上，篇目的韵脚也错误频出，经常有上下两句字数不一致、前后几句完全不押韵的现象。

《吕蒙正》，珍本，第 237 页

李啸仓藏精抄本。取材于明代无名氏传奇《彩楼记》第十出《蒙正祭灶》。

写吕蒙正祭祀灶王爷之前自叹穷苦，刘千金激励安慰夫君。原文的重点是祭灶，祭灶之前没有多少唱词。本篇子弟书是在这一情节上衍生出来的一段，叙事成分较弱，重点是抒情。破窑的饥寒困苦同刘府的锦衣玉食时时对照，其贫苦之状如在目前。吕蒙正对命运的感叹和对前途的担忧写得极为动人，刘千金说古论今勉励丈夫一段又写得极为慷慨激昂。

《祭灶》，珍本，第 242 页

傅惜华藏文萃堂木刻本。取材于明代无名氏传奇《彩楼记》第十出《蒙正祭灶》。

写吕蒙正向灶王问古今众多不平之事，刘千金在一旁劝解。子弟书的内容虽然同于原文，但唱词远远多于原文，抒情成分远远大于叙事成分。子弟书在祭灶之后有一段文字写夫妇的穷困之状，真切动人。

《赶斋》，珍本，第 245 页

民族图书馆藏抄本。取材于明代无名氏传奇《彩楼记》第十一出《木兰逻斋》。

写吕蒙正到木兰寺吃斋饭，被和尚戏弄刁难，吕蒙正嘲笑和尚，被赶出寺庙。子弟书内容同原文一致。原文本来就有插科打诨的作用，而子弟书写调笑对话也十分幽默诙谐。另外，本文的语言结构很特别，并不遵守一般子弟书上下对句、字数基本相同的规律，每句字数长短不一，不成对句。

《宫花报喜》，韩小窗作，车王府本，第 611 页

取材于明代无名氏传奇《彩楼记》第十七出《宫花报喜》。

写吕蒙正中了状元，派丫鬟仆人接妻子刘千金到京。恰好刘府丫鬟也来了，刘千金怒斥刘府丫鬟当初有眼无珠。子弟书内容同原文一致，但原文写人物心理对话较为简略，重点是从旁观者的角度吟唱刘千金一跃而成为状元夫人的荣耀。子弟书则将人物的心理和对话添枝加叶，非常贴近生活，将许多民间的口语顺手拈来，用得恰到好处。

《千金记》（4 篇）

《追信》，车王府本，第 1642 页

取材于《千金记》第二十二出《北追》。

写韩信不为刘邦重用，夜间离去，萧何将其追回，回来后官拜大将军的事。子弟书内容同原文一致，语言在原文基础上多有扩充。子弟书和原文的传奇一样，采用了限知视角。传奇里不可能采用全知视角，故事的发展必须通过主人公的所见所闻所感来推动。子弟书也采用了这种叙事方式，将全部故事都通过韩信和萧何二人的感受和对话讲述出来，只在最后几句上用全知视角交代官拜大将军的结局。可见子弟书吸收了戏曲和小说二者的长处，在需要浓墨重彩大肆渲染的地方，就采用戏剧手法让人物来说话思考，在需要迅速交代情节一笔带过的地方，就采用小说手法方便叙事。

《十面埋伏》，雪窗作，车王府本，第851页

取材于明沈采传奇《千金记·别姬》和《千金记·跌霸》。

写项羽军中四面楚歌，虞姬自刎，项羽杀出重围，在乌江自刎。内容同原文基本一致，但是细节处理有很大不同。《千金记·别姬》的唱词相对简练，而子弟书则抓住生离死别的戏剧性时刻大书特书，一共四回，用两回半的篇幅将两人的痛苦写得动人心魄、肝肠寸断。《千金记·跌霸》在追捕项羽上有很多细节，但子弟书则只抓住冲出重围和乌江自刎这一头一尾写，很多细节省略不书，将项羽拼死搏杀的心情和举止写得虎虎有生气。本文文末虽然有"读汉史雪窗无事频怀古"之句，但考证《史记》《汉书》，情节都过于简单，同子弟书绝不相似，因此采信于《千金记》。

《别姬》，青园作，珍本，第87页

百本张抄本。取材于明沈采传奇《千金记·别姬》。

写四面楚歌，虞姬自刎。语言简洁苍劲，虞姬的形象刚勇沉毅。相比之下，《十面埋伏》华丽缠绵，《别姬》沉雄悲壮。

《漂母饭信》，全本，第271页

取材于明沈采传奇《千金记》。

写韩信取得十面埋伏的胜利之后，回顾从前，展望未来，踌躇满志，准备携带千两黄金去回报当年给他饭吃的漂母。然而漂母不知去向，韩信无奈之下只好将千金投水，回马登程。《子弟书全集》认为本文出自《史记》，误。从子弟书的内容和语言上看，尤其是从以千

金酬答漂母这个细节来看，本篇子弟书同传奇更为接近。因为《千金记》之所以得名，就是取韩信以千金酬答漂母之义。

《打朝》，珍本，第 139 页

取材于明传奇《金貂记·打朝》。

写唐代天下初定，皇叔李道宗强抢刘寡妇，刘寡妇悬梁自尽。薛仁贵痛骂李道宗，反倒被李道宗用谗言削职罢官。尉迟敬德义愤填膺，在上朝之前打了李道宗，上朝之后皇帝要斩敬德之首，徐绩说情，改判削夺敬德之职，解甲归田。子弟书的情节同原文基本一致。

《窃打朝》，车王府本，第 486 页

取材于明传奇《金貂记·打朝》。

内容同《打朝》一致，但是语言极其诙谐。子弟书作者故意不顾及唐代历史背景，将故事的主人公完全按照清代市井八旗子弟的形象去塑造。他们的娱乐生活、衣食住行，甚至旗人穷困的生活状况都结合故事情节写得栩栩如生，读来令人忍俊不禁。同《打朝》相比，一庄一谐，相得益彰。而且本篇子弟书还提供了很多旗人青年的生活细节，有一定的民俗史料价值。

《钓鱼子》，车王府本，第 409 页

取材于明传奇《金貂记·钓鱼》。

写敬德被罢官之后，隐居田园，一天出去钓鱼，恰好碰上来看他的旧友薛仁贵，二人交谈甚欢。子弟书对二人的谈话着墨甚多，不外乎回忆二人当年的丰功伟绩，借二人之口感叹富贵无常，不如早日归田逍遥自在。

《满汉合璧寻夫曲》(简称《哭城》),珍本,第 46 页

取材于明代传奇《长城记》(又名《寒衣记》)。

写孟姜女不辞辛苦跋山涉水给丈夫送寒衣,到了山海关遇到丈夫的工友,得知丈夫已死,晕倒在地。子弟书对孟姜女一路风尘孤苦写得极为详细,还添加了一个古道热肠的老婆婆。整个旅程都是从孟姜女的视角书写的,其中掺杂了孟姜女的心理描写,运用很典型的传奇笔法,让一个人物走一路唱一路,真切动人。本篇子弟书既有满文也有汉文,不相掺杂,各自成篇,估计写作年代应该很早。

《哭城》,车王府本,第 896 页

取材于明代传奇《长城记》(又名《寒衣记》)。

同《满汉合璧寻夫曲》的汉语部分完全一致,只是多出最后一回。孟姜女求民夫们指点丈夫的墓,将长城哭倒。语言风格与原文完全一致。孟姜女哭长城和后来被秦始皇修庙封神都极为简略,一笔就带过去了,重点是写孟姜女和民夫们的对话以及寻找坟墓的经过。整部子弟书的重点就在于孟姜女行路、寻坟。前因后果都处理得极为简单。情节如此简单却毫无单薄之感,相反在行文中抒情随时加在叙事中表现,二者水乳交融,不露痕迹,孟姜女的形象还塑造得有血有肉,子弟书作者的文笔才思令人叹服。

《炎天雪》,竹轩作,车王府本,第 159 页

取材于明代剧作家叶宪祖、袁于令的传奇《金锁记·探监》,源头是元代关汉卿的杂剧《窦娥冤》。

写窦娥入狱后,婆婆来看望探监的事。原文主要靠对白来表现当时婆媳的痛苦与绝望,精彩的唱段不多,却非常真实,催人泪下。子弟

书改编最成功的地方在于，对原文的对白大胆删改，变成了流畅的韵文，写窦婆婆探监之前的凄苦心情，窦娥担心婆婆以后的生活无人照料，写得真挚动人。原文是剧本，可以通过动作表情来表现人物心情。子弟书是说唱艺术，必须用语言打动人。

《一顾倾城》，伯庄氏小窗作，珍本，第 33 页

台北傅斯年图书馆藏手抄本，取材于明代梁辰鱼传奇《浣纱记·前访》。

写范蠡寻春入苎萝村遇到西施，一见钟情，以纱为聘，定下婚约。子弟书内容基本同原文。范蠡游春所见的景色、西施自叹薄命的心情描写得相当出色。子弟书语言十分清新俊雅，但不及原文典雅华美。原文中西施语言过于文人化，同乡村姑娘身份不合。子弟书中西施的语言则十分本色，明白晓畅，符合西施的身份，同时又清新明丽，无一点尘俗之气。

《玉簪记》，云何子作，车王府曲本，第 1150 页

取材于明高濂传奇《玉簪记》。

写书生潘必正和道姑陈妙常相爱之事。原文线索复杂，潘、陈二人原本是指腹为婚的夫妻，但未曾谋面。陈与母亲在靖康之乱中失散，寄身寺院。陈母则投奔到潘家居住。此时潘必正已经离家赶考，落榜后到寺院探望姑母，即寺院院主。潘、陈二人在寺院中相爱。院主生疑，打发潘再次赴京赶考。陈私自雇舟送别，回寺院后苦苦等待潘的消息，这段时间内还屡被恶少骚扰。潘一举考中，回寺院与陈完婚并回家探望父母。在潘家，陈与母亲相认，一家团圆。

子弟书为了节省篇幅，省去了不必要的叙事头绪和次要人物，只写潘赶考路上经过道观，观主恰是姑母。潘寄居道观期间与陈相爱，被发现后向知府（潘的好友）讨来还俗呈子，二人成亲。但子弟书最后又加了一段陈雇舟送潘的情节，与上文毫无关系。估计是作者舍不得原文这段精彩文字，又不愿增加叙事头绪，这才不顾情节硬加上的。人物形象也变了。陈妙常本是大家闺秀，当了道姑之后也能恪守清规，对外人的骚扰横眉冷对，即使爱慕潘也压在心底。而子弟书中的陈妙常却把道观当成择婿的场所，对过往英俊书生都颇有意，暂时的拒绝不过是欲擒故纵，好事不成又可以立刻翻脸不认人，感觉颇像个工于心计的妓女。看来子弟书作者并不了解大家闺秀，但是对风尘女子十分熟悉。原文写二人相爱的篇幅占全文比例并不大，二人的情话也只是点到为止。而子弟书写二人调情的文字占了全文的一半，调笑斗嘴的对话写得也极为精详。很明显，作者对男女打情骂俏的细节极为熟悉，很可能是个风月老手，将自己的所见所闻写进子弟书内自娱娱人。

《玉簪记》，罗松窗作，珍本，第 274 页

取材于明高濂传奇《玉簪记》，中国艺术研究院戏曲研究所藏清光绪十八年壬辰抄本。

写书生潘必正和道姑陈妙常在道观相爱，被观主发现，逼潘必正赴京赶考。潘考中状元之后归来迎娶陈妙常。子弟书内容与原文一致，但叙事完全从潘陈二人的视角和心理出发，两人初会的好感，互相试探的心情，相爱的欢喜和猜疑，分别的惆怅和忧伤，都写得极为生动细致，把心理描写演绎到无微不至的程度。上一篇子弟书重点在对话，而本篇的重点在心理。

《狐狸思春》，车王府本，第 739 页

取材于明传奇《西游记》。

写玉面狐狸思春心切,想要出嫁。獾婆给她出主意,让她嫁给牛魔王。内容同原文一致,但本篇子弟书充分发挥了铺张扬厉的赋化写作风格,将春天花园的景致、书房的摆设、玉面狐狸的美貌不厌其烦地细细书写。獾婆的语言老辣流畅,和玉面狐狸的对话趣味盎然。

《阳告》,车王府本,第200页

取材于明代王玉峰传奇《焚香记·阳告》。

写名妓敫桂英与秀才王魁相爱,并资助其进京赶考。王魁考上之后,写信给桂英,却被金垒改成休书。桂英到当时发誓相爱的海神庙去告状,哭诉冤苦。海神托梦告诉桂英,她的冤情要等到阳寿尽的时候才能昭雪。桂英不肯等待,决定自缢。这一折非常有名,曾被改为高腔等多种地方戏。本文的重点在于交代故事背景,真正打神像、哭诉冤情的部分着墨不多,而这段哭骂却是戏曲的高潮部分。改编不甚成功。

《红梅阁》,韩小窗作,车王府本,第543页

取材于明代周朝俊传奇《红梅记》第一出《泛湖》、第四出《杀妾》、第十出《诱禁》、第十三出《幽会》和第十六出《脱难》。

写奸臣贾似道的侍妾李慧娘,在西湖泛舟时爱上书生裴俊卿,回府后被贾似道杀死。贾似道又以请教书先生为名,将裴俊卿骗入府内伺机杀害。李慧娘的鬼魂将裴俊卿救出贾府。子弟书内容同原文一致,语言清丽优美。子弟书的模式同传奇很像,每一回都以一个人物或者一个事件为中心点,随着叙事过程的推进,不断变换人物和场景。看来,子弟书对传奇的继承不仅在于故事,还在于讲述故事的方式。

第二章 取材于明传奇、鼓词的子弟书

《慧娘鬼辩》，韩小窗作，车王府本，第 157 页

取材于明代周朝俊传奇《红梅记》第十七出《鬼辩》。

写李慧娘将裴俊卿救出之后，贾似道怀疑是府中其他姬妾所为，对她们严刑拷打。慧娘鬼魂出现，倾诉自己对裴的爱情，并警告贾似道注意天理昭彰。子弟书的内容同原文一致。但是传奇中贾似道和李慧娘是用对话连缀情节，而子弟书中则用李慧娘的心理和语言将整部故事和盘托出，这样修改很有道理。原文是要拿到舞台上表演的，要考虑各个演员表演机会均衡的情况，不能出现只有一个人唱，其他人都在等的情况，这样就叫"冷场"。子弟书中，对话的方式热闹而且能将矛盾冲突写得更加扣人心弦。但子弟书是说唱艺术，不需要考虑舞台表演，只对叙事和抒情负责就可以了。用李慧娘一个人的视角去写，可以起到第一人称的叙事效果，其情更加真切动人。

《寄信》，鹤侣氏作，珍本，第 99 页

傅惜华藏清精抄本。见于明传奇《烂柯山·寄信》和《烂柯山·相骂》。

写朱买臣因贫困被妻子赶出家门，后来成为本地太守，衣锦还乡，遇到老乡张别古，请他捎信让妻子改嫁。张别古指责朱的妻子薄情寡义，两人吵骂。这在当时是非常流行的舞台剧。看内容，虽然并无非常精彩的唱段，但是非常热闹好笑。估计这就是戏流行的原因。子弟书把这两出的故事照搬，但是不可能像舞台剧一样，把俚俗的吵骂表现得那么生动，所以还是不及原文。

《痴梦》，车王府本，第 231 页

见于明传奇《烂柯山·痴梦》。

写朱买臣前妻懊悔当时离婚，梦见仆役们带着凤冠霞帔来请自己做夫人，醒后还是一枕凄凉。子弟书同原文内容相同，但原文结构比较松散，子弟书的情节紧凑了许多。

《沉香亭》，车王府本，第 171 页

取材于明代屠隆传奇《彩毫记·吟诗》。

写李白为唐明皇和杨贵妃创作《清平调》三首的故事。原文唱词华美，对白诙谐，李白醉后狂态十分生动。但子弟书里李白是清醒的，叙事平板，语言文字水平也只是泛泛而已。我国台湾有学者认为出自《长生殿》，但《长生殿》里并无这一段，只不过通过唐明皇和杨贵妃的对话一语带过而已。

《雀缘》，珍本，第 123 页

韵花斋抄本。取材于明代无心子传奇《金雀记》第二十九出《集贤》和第三十出《完聚》。

传奇讲述潘岳娶妻之后，与妓女巫彩凤相爱。后来二人失散，巫彩凤出家为尼。潘岳任河阳县令后，潘夫人将巫彩凤接回，三人团聚。子弟书改编的就是潘岳和竹林七贤饮酒欢聚，回府后喜见巫彩凤一段。原戏文的叙述视角比较广阔，《集贤》以各位宾客的视角写聚会，《完聚》以潘岳、潘夫人、巫彩凤三人视角看团聚。表演性强，但是比较散乱。子弟书将内外的聚会全都用潘岳的视角去写，用潘岳的心情去体会，整篇文字紧凑而动人。

《鞭打芦花》，珍本，第 10 页

清代盛京财胜堂刻本，取材于明传奇《芦花记》。

写闵子骞的继母做冬衣的时候，在亲生儿子的棉衣里絮上棉花，在闵子骞的棉衣里絮上芦花。父亲发现之后大怒休妻,被闵子骞苦劝而止。闵子骞的继母愧悔难当,从此改邪归正,一家人和睦生活。内容同原文一致,但叙述方式不同。原文是戏曲,用表演体叙事,各个角色出面讲述自己的心情处境。子弟书用代言体叙事,用小说的笔法以第三人称视角讲述故事;另外,还像话本小说一样,在开头和结尾增加了很多说教性的文字。

《百花亭》,罗松窗作,车王府本,第663页

取材于明传奇《百花记》之散出《百花授剑》。整本传奇已经散佚,只留下折子戏剧本。本篇子弟书即出自其中的《赠剑联姻》。

写的是汉臣江继云化名海俊,潜伏在安西王麾下,深受重用。奸臣疤癞铁头嫉妒海俊,将他灌醉之后放在百花公主闺房,欲借公主之手杀之。不料百花公主早就暗恋海俊,当夜同海俊约定姻缘,将青峰剑赠给海俊为信物。子弟书写公主的心情,二人的情愫,定情的羞涩与甜蜜都极为详尽缠绵。语言精工富丽,是子弟书中不可多得的佳作。

《金印记》(又名《六国封相》),文西园作,珍本,第37页

傅惜华藏精抄本。取材于明代苏复之传奇《金印记》第十六出《一家耻笑》、第十七出《投井遇叔》、第二十九出《焚香保夫》和第四十二出《封赠团圆》。

写苏秦游说秦国失败而归,受尽家人奚落,后在叔父的资助下又去魏国求官,妻子在家焚香求天佑夫君。苏秦挂六国金印回家,怒斥妻子不贤。妻子哭诉独自在家之艰,苏秦回心转意。子弟书内容同原文基本一致。只是原文主要通过对白写家人对失意苏秦的奚落,尖酸世俗之态写得淋漓尽致;而子弟书将这一过程用较简短的韵文概括,

表现力打了折扣。原文苏妻焚香时的唱词非常婉转动人,子弟书无论在文采上还是在心情描摹上都略输一筹。苏秦拜相归来,原文有大篇文字写父母兄嫂的谄媚之态以及苏秦对他们的奚落,子弟书都删去了,未免使艺术影响力大为减少。原文里,苏秦原谅了父母兄嫂,但不肯原谅妻子,妻子的境遇在对比之下显得十分悲惨,她的哭诉也愤慨有力。而子弟书因为缺了这一对比,苏妻的怨愤也就没有那么强的震撼力了。子弟书的改编艺术效果不及原文。

《千金全德》,韩小窗作,车王府本,第1088页

取材于明代王稚登传奇《全德记》。

写落魄英雄高怀德欠了窦建德银两无力归还,又一心要去参军寻求功名,无奈之下将女儿高桂英卖给窦家,只身离去。窦建德烧毁卖身契,收养高桂英为义女,并为她招赘小将石守信。新婚之夜,高桂英送丈夫奔赴沙场。几年以后,高怀德和石守信双双功成名就,回来拜谢窦公。子弟书内容与原文一致,情境塑造得真实感人,语言生动优美。写到父女离别,二人的悲痛和决断如在目前;写高桂英的相貌气质,又如诗一样隽永动人,艺术效果胜过原文。

《骂女代戏》,车王府本,第197页

取材于明代王稚登传奇《全德记》。

写高桂英送丈夫上战场之后,义父窦建德责怪女儿太过大意,一旦丈夫变心,如何是好。子弟书内容同原文一致,但文笔比起《千金全德》来逊色很多。《千金全德》这一段将高小姐塑造得深明大义,而《骂女代戏》里高小姐居然还要让丫鬟说情,未免贬低了人物的层次。

《打门吃醋》，车王府本，第 802 页

取材于明代鲁怀德传奇《藏珠记》的散出《打门吃醋》。

写一个男人有一妻一妾，丈夫惧内，妻子善妒，小妾受尽折磨。一日妻子要出门，将小妾锁在房内。丈夫趁妻子不在砸开房门与小妾欢会，妻子回来之后撒泼吵闹。情节虽然简单，但是文笔热闹有趣。妻妾的心理、丈夫外强中干的形象、生动俏皮的对话，都写得非常精彩。

《雪梅吊孝》，车王府本，第 263 页

取材于明代无名氏传奇《商辂三元记》。

写秦雪梅许配商林，未嫁而寡。秦雪梅不顾父母阻拦，决心守节。秦雪梅到商府吊孝时遇见商林生前纳的小妾韩爱玉，两人商定共同守节。秦雪梅和父母商量守节的一段，写得情真意切。父母苦苦相劝的话语入情入理，真挚动人。

《商郎回煞》，车王府本，第 267 页

取材于明代无名氏传奇《商辂三元记》。

写秦雪梅吊孝之后，在商府住下。当夜，商林的阴魂托梦给秦、韩二人，请她们照顾父母，抚养韩爱玉的遗腹子。秦雪梅自叹命苦的文字，以及商郎和秦雪梅的对话，都写得情真意切，哀苦动人。

《挂帛》，车王府本，第 270 页

取材于明代无名氏传奇《商辂三元记》。

写秦雪梅和韩爱玉到商林坟上烧纸哭灵，语言凄惨悲痛。《雪梅吊孝》《商郎回煞》《挂帛》这三篇子弟书情节连贯，语言风格统一，

很可能原先是同一篇,为了演出方便被拆成三段。《三元记》颂扬节烈,每逢正式场合必定演出,是清代极为流行的戏曲。子弟书改编这段故事,很可能也是在较为正式的场合表演,激励旗人妇女。

《盘盒》,竹轩作,车王府本,第102页

取材于明代姚茂良传奇《金丸记·妆盒》。

写宋代刘妃和李妃同时怀孕,李妃生下男孩;刘妃买通收生婆用狸猫换下太子,命令宫女寇珠掐死太子。寇珠不忍,恰好遇到太监陈琳经过,将太子放进陈琳手里的果盒中。子弟书情节同原文一致,将寇珠的悲痛、为难、恐惧,以及和陈琳的对话都写得极为详细传神。

《救主》,竹轩作,车王府本,第104页

取材于明代姚茂良传奇《金丸记·盘盒》。

写陈琳果盒里藏了太子准备送往八贤王府,半路遇到刘妃。刘妃说要打开果盒看看,最终并未打开。子弟书这一段写得扣人心弦,将陈琳惶恐不安的心情写得十分真切。这一经过表面看来平心静气,实际上惊心动魄。

《拷玉》,竹轩作,车王府本,第253页

取材于明姚茂良传奇《金丸记》。

写太子长大后回宫,刘妃怀疑当年寇珠并未执行自己的命令,就让陈琳拷问寇珠。寇珠不堪忍受,触阶而死。子弟书把寇珠被拷问时的口供、陈琳打寇珠时两人的心理活动,都写得极其生动详细,扣人心弦。

《天缘巧配》,梅窗作,车王府本,第1079页

取材于明代王骥德传奇《题红记》。

写宫女韩翠琼在红叶上题诗一首顺御沟流出宫外,被书生于晋捡到。于晋另题诗一首于红叶之上,顺御沟流回。长孙皇后怜念宫女孤凄,开恩放宫娥回家团圆。韩翠琼之父为她匹配良缘,丈夫恰好是于晋。子弟书内容同原文一致,语言雅致优美,写人物外貌、内心笔触细腻,曲尽其妙。

《十问十答》,车王府本,第1281页

取材于明传奇《桃园记》之《斩貂蝉》。

关羽与二位夫人羁留曹操营中期间,曹操把貂蝉送入关公府中,想用貂蝉的美色留住关羽,使其不去寻找刘备。关羽想伺机杀掉貂蝉,问貂蝉古往今来历史传说以寻其破绽,不料貂蝉对答如流,关公不忍杀之,愿送她去尼姑庵出家。此时,王母娘娘从天而降,将貂蝉收归天庭。

《三国演义》原文并无这段故事,是子弟书作者利用原文背景杜撰之作。情节极为简单,但是全篇充斥着大量的历史文化知识。怀疑作者要么借子弟书创作炫耀才情,要么有普及历史文化知识之意。

《关公送貂蝉出家》[①],《三国子弟书词》之一

取材于明传奇《桃园记》之《斩貂蝉》,内容同《十问十答》完全一致,但是情节更简略,很可能是《十问十答》的压缩版。

《古城相会》,《三国子弟书词》之二

取材于明传奇《桃园记》之《午夜秉烛》《独行千里》《古城聚会》。

---

① 收录于《俗文学丛刊》,中国台湾"中研院"历史语言研究所俗文学丛刊编辑小组整理,新文丰出版股份有限公司2004年出版。《三国子弟书词》在《俗文学丛刊》的第386卷第18—60页。

写关羽在曹营,深受曹操器重,曹操甚至把女儿嫁给他。但关羽依然要离开他寻找刘备。临行前曹女自尽,关羽过五关斩六将赶到古城。张飞怀疑他投降曹操,不肯开城相迎,关羽杀死追兵,才剖明心迹,兄弟释疑,子弟书的内容同原文一致,但过关斩将的过程一笔带过,重点写曹女自尽全节,古城兄弟释疑,语言平实通俗。

《活捉》,车王府本,第 352 页

取材于明代许自昌传奇《水浒记·活捉》。

阎婆惜被宋江杀死后,鬼魂找张文远相会,结果把张文远吓死。原文非常有文采,用典丰富巧妙。比如:张文远没想到阎婆惜会来,唱道:"我不曾招屈子楚些吟,又不曾学崔护视敛殷,因甚的画图中魂返牡丹亭,影现毕方形?" 34 个字竟用了 3 个典故。阎婆惜唱道:"我只道重泉路阴,把幽魄沉沦。哪晓得鸳鸯性打熬未瞑;花柳情,垂颓犹媵。恰好的向夜台潜转一灵,似云华魂返长寝,似倩女魂离鬼门。须信道紫玉多情,英台含恨,因此上,背鱼灯,涉巫岭。"最后 7 句唱词竟连用了 6 个典故,而且用得如此流畅自然,许公真才子也。子弟书作者没有许自昌的文学功底,但是语言也明白晓畅,流利娇媚。"婆惜低声说你还怕我,妾与三郎是那样的情。奴虽作鬼仍然柔媚,如何改得了旧形容。说什么冤有头儿债有主,这样的言辞叫妾怎么听。"真可谓黄金玉璧,各有千秋。

《秦王降香》,车王府本,第 314 页

取材于明末刻本鼓词《大唐秦王词话》。清抄本《乐善堂子弟书目录》将其列为硬书。

写建成、元吉派壮士宇文宝刺杀李世民,宇文宝听到李世民夜里烧香求国泰民安,深受感动,自刎身死。子弟书内容语言同原文都极

为相似。只是子弟书的语言更为雅致，增加了很多细节描写，比如花园夜景、宇文宝形貌、李世民的语言，等等。鼓词里有宇文宝的心理描写，是小说笔法；而子弟书全以李世民的视角出之，是很典型的传奇笔法。

第三章

取材于明代小说的子弟书

《三国演义》(53篇)

《斩华雄》(快书),全本,第 401 页

取材于《三国演义》第五回"发矫诏诸镇应曹公　破关兵三英战吕布"。

写虎牢关下曹操与董卓两军对垒,华雄出战,被关羽斩杀的故事。内容虽然一致,但笔法完全不同。原文运用虚写的手法,先写华雄连斩曹营两将,再写关羽斩华雄,为的是衬托关羽的神勇。写斩华雄的过程未着一字,只从帐内人的角度听得"鼓声大震,喊声大举",然后见关羽提华雄之头回来。笔法巧妙,堪称不着一字,尽得风流。而本篇快书则通过实写的方式,描述关羽如何将华雄斩于马下,相比之下,未免笨拙。

第三章
取材于明代小说的子弟书

《虎牢关》（快书）（甲），全本，第 405 页

取材于《三国演义》第五回"发矫诏诸镇应曹公　破关兵三英战吕布"。

写虎牢关下刘备、关羽、张飞三人战吕布的故事。本篇快书描述战场上人物的心思和动作比原文详细丰满许多。语言富于画面感和镜头感，配上快书连珠炮一般的节奏，读来的确酣畅淋漓。

《虎牢关》（快书）（乙），全本，第 409 页

取材于《三国演义》第五回"发矫诏诸镇应曹公　破关兵三英战吕布"。

写虎牢关下曹操与董卓两军对垒，华雄出战，被关羽斩杀。吕布出战，大战刘、关、张。本篇快书写斩华雄的过程倒是模仿原文笔法，不直接写，只写关羽出帐入帐，醑酒尚温。只可惜太过简略，未得原文之妙。写战吕布的过程比较精彩。

《连环计》，车王府本，第 97 页

取材于《三国演义》第八回"王司徒巧使连环计　董太师大闹凤仪亭"。

写王允与貂蝉商量连环计。子弟书内容基本与原文一致。但是王允的计划写得比原文详细。怀疑同子弟书《凤仪亭》本是一部，为了传唱方便才拆成两部。因为本书的定计恰好能和《凤仪亭》的计划实施状况连起来。

《凤仪亭》，鹤侣氏作，车王府本，第 573 页

取材于《三国演义》第八回"王司徒巧使连环计　董太师大闹凤

仪亭"和第九回"除暴凶吕布助司徒　犯长安李傕听贾诩"。

　　貂蝉进董卓府后，一日与吕布私会，被董卓发现。李儒建议将貂蝉赐给吕布，董卓斥责李儒。貂蝉激怒吕布的话语极为详尽，但不及《新凤仪亭》细腻。内容上有一个差异：吕布自己想到要杀董卓，而不是被别人提醒。

《凤仪亭》（快书），全本，第437页

　　取材于《三国演义》第八回"王司徒巧使连环计　董太师大闹凤仪亭"和第九回"除暴凶吕布助司徒　犯长安李傕听贾诩"。

　　从王允、貂蝉商定连环计写到貂蝉入董卓府，在花园中与吕布私会，被董卓发现为止。本篇快书比较注重语言和对话的描写。一般来说，快书总有一两段节奏紧凑的唱词，用紧密的词汇形成连珠炮一般的效果。这种紧密唱词通常用来描述人物的服饰、外貌或者心情。因为这些静态的内容比较适合堆砌辞藻，不会影响叙事进度。但本篇快书很特别，用紧密唱词来写对话，又通过对话来叙事。这在快书中是不多见的。

《新凤仪亭》，车王府本，第1617页

　　取材于《三国演义》第八回"王司徒巧使连环计　董太师大闹凤仪亭"和第九回"除暴凶吕布助司徒　犯长安李傕听贾诩"。

　　从貂蝉进董卓府至董卓斥责李儒。吕布、貂蝉、董卓的外貌、心情、语言、举止描写极为细腻，凤仪亭的景致也用了许多笔墨。但内容上有四个重大差异。

　　第一，原文凤仪亭事件之后，董卓原本有意听从李儒的话，但貂蝉作势要自刎，并且大骂李儒，才使得董卓改变主意。而子弟书里省却了这个情节，直接写董卓训斥李儒。

第三章
取材于明代小说的子弟书

第二，原文是王允劝吕布杀董卓，子弟书里却变成了貂蝉劝吕布。

第三，原文里吕布与貂蝉凤仪亭相会之时，吕布尚有顾虑，对董卓有所忌惮，是貂蝉用话语激怒了吕布。但子弟书里没有了吕布犹豫这一点。

第四，原文里王允在整个连环计中起到了重要的作用，不仅仅是计谋的设计者，还是董、吕二人关系的挑拨者，在整个故事里起了推波助澜的重要作用。但是子弟书里王允仅仅作为一个设计者而存在，没有成为重要角色。

这四处其实从艺术上不应取消，原文更曲折，更有助于表现人物性格，删去反倒让人物平面化了。不知是子弟书作者考虑篇幅问题，还是子弟书不重视情节发展，只重视人物的白描。

以上三种连环计故事，都出自《三国演义》，而不出于传奇《连环计》。因为传奇中的许多特有的情节无一出现在以上子弟书中，而且传奇中重要的道具玉连环，以上子弟书中都只字未提。但有一点必须承认：子弟书作者很可能是看了《连环计》戏曲以后才有了创造子弟书的冲动，因为取材于《三国演义》《水浒传》的片段大部分是戏曲舞台上经常出现的精彩折子戏。

《许田射鹿》（快书），全本，第 443 页

取材于《三国演义》第二十回"曹阿瞒许田打围　董国舅内阁受诏"。

写曹操邀请汉献帝打猎，用天子专用的弓箭射鹿，关羽见之大怒的故事。快书在细节上有所修改。原文是汉献帝射鹿不中，将弓箭给曹操。关羽愤怒却没出声，被刘备拦下了。快书里改成曹操主动要弓箭射鹿，关羽大吼。这样修改的好处是让曹操藐视皇帝的形象更加猖狂，让关羽的忠义形象更加高大。小说里刘备不许关羽出声，为的是保证后面的叙事。快书只是节选小说的一段渲染即可，不需要考虑下文，

因此可以尽情塑造英雄形象。叙事小说和叙事诗的差别从中可见一斑。

《击鼓骂曹》，春澍斋作，珍本，第 108 页

取材于《三国演义》第二十三回"祢正平裸衣骂贼 吉太医下毒遭刑"。

写祢衡在曹操麾下为官，曹操讨厌他，就让他当鼓吏。结果祢衡就在集会上借打鼓之机痛骂曹操。子弟书基本情节同原文一致，但是细节增加得相当好，比如祢衡击鼓的艺术。京剧里也有《击鼓骂曹》一出，很难说子弟书是取材于小说还是戏曲。就算取材于小说，戏曲对于《三国演义》子弟书的影响也是极大的。

《骂阿瞒》，全本，第 456 页

取材于《三国演义》第二十三回"祢正平裸衣骂贼 吉太医下毒遭刑"。

写祢衡见了曹操，曹操不为礼，祢衡讽刺曹操麾下诸将。曹操讨厌他，就让他当鼓吏。结果祢衡就在集会上借打鼓之机痛骂曹操。其内容同原文完全一致，语言的相似程度也很高。《击鼓骂曹》里还对鼓声有精彩的描写，本篇子弟书里直接将其省略，基本上就是原文的韵文版本。

《血带诏》（快书），全本，第 459 页

取材于《三国演义》第二十三回"祢正平裸衣骂贼 吉太医下毒遭刑"。

写董承和吉平要毒死曹操却被家奴告密，最后死于曹操之手的故事。本篇快书和原文内容有出入。原文是吉平听见董承梦中喊"曹贼"，才同董承密议；本文则写吉平主动来找董承，要求毒死曹操。

这样修改很有道理。原文里，从董承接收血带诏到死于曹操之手用了五回的篇幅，其中穿插着其他故事，如果不加改动直接写入快书难免芜杂。快书直接将笔墨放在吉平身上，除董承外其他参与谋杀曹操的人物一概不提。这样的好处是文字精炼，头绪简单，吉平的忠义形象也更加感人。

《徐母训子》，韩小窗作，车王府本，第 244 页

取材于《三国演义》第三十七回"司马徽再荐名士　刘玄德三顾草庐"。

写徐母训斥徐庶之后自缢之事。原文只有几句：

> 庶拜谢而出。急往见其母，泣拜于堂下。母大惊曰："汝何故至此？"庶曰："近于新野事刘豫州；因得母书，故星夜至此。"徐母勃然大怒，拍案骂曰："辱子飘荡江湖数年，吾以为汝学业有进，何其反不如初也！汝既读书，须知忠孝不能两全。岂不识曹操欺君罔上之贼？刘玄德仁义布于四海，况又汉室之胄，汝既事之，得其主矣，今凭一纸伪书，更不详察，遂弃明投暗，自取恶名，真愚夫也！汝有何面目与吾相见！汝玷辱祖宗，空生于天地间耳。"骂得徐庶拜伏于地，不敢仰视，母自转入屏风后去了。少顷，家人出报曰："老夫人自缢于梁间。"徐庶慌入救时，母气已绝。

子弟书在保留内容不做改变的前提下，大量添加细节，详细描述徐母的外表语言，使得整个人物形象丰满生动，语言凌厉雄浑，实在是子弟书中不可多得的佳作。

《徐母训子》（快书），全本，第 518 页

取材于《三国演义》第三十七回"司马徽再荐名士　刘玄德三顾

草庐"。

写徐母训斥徐庶后自缢之事。语言内容同子弟书《徐母训子》基本一致,就是在词语节奏的安排上有所变化,也无非是为了快书的表演需要调整语序而已。

《糜氏托孤》(又名《长坂坡》),韩小窗作,珍本,第 104 页

取材于《三国演义》第四十一回"刘玄德携民渡江　赵子龙单骑救主"。

写刘备与甘、糜二夫人失散后,糜夫人受重伤不能行走,就将阿斗托付给赵云,自己投井而死。基本情节同原文。但原文以赵云的视角写作,而子弟书则以糜夫人的视角写作。对糜夫人的伤势、心情、托孤的语言举止描写得极为精密动人。京剧里也有《长坂坡》一出,在清代极为流行。子弟书作者很可能受京剧感染才有本篇创作。

《长坂坡》(快书),全本,第 529 页

取材于《三国演义》第四十一回"刘玄德携民渡江　赵子龙单骑救主"。

写刘备与甘、糜二夫人失散后,糜夫人受重伤不能行走,就将阿斗托付给赵云,自己投井而死。赵云杀出重围,见到刘备,刘备摔阿斗。本篇快书的语言同子弟书《糜氏托孤》基本一致,但糜夫人的心情和语言简略了一些,又增补了糜夫人去世以后的情节。本篇快书很可能是子弟书的修改版,为了表演方便删掉一些细节,为了故事完整又加上出重围、摔阿斗的情节。

《舌战群儒》,全本,第 534 页

取材于《三国演义》第四十三回"诸葛亮舌战群儒　鲁子敬力排

众议"。

写诸葛亮到江东劝孙权抵抗曹操，同孙权的谋士们辩论的故事。本篇子弟书的内容和原文完全一致，语言也差别不大。基本上可以看成原文的韵文版本。

《舌战群儒》（快书），全本，第 541 页

取材于《三国演义》第四十三回"诸葛亮舌战群儒　鲁子敬力排众议"。

从鲁肃来见刘备，写到同诸葛亮同回江东、舌战群儒的故事。子弟书《舌战群儒》非常详细，诸葛亮同每一个谋士的辩论都写到了。而本篇快书则很简略，写完同前两个人的辩论就匆匆结尾。一般来说，同题材的快书和子弟书相比，总是更加简略。

《赤壁遗恨》，全本，第 546 页

取材于《三国演义》第四十六回"用奇谋孔明借箭　献密计黄盖受刑"。

写草船借箭的故事，从诸葛亮和鲁肃在江上泛舟讲到下船取箭。整个故事同原文区别不大，但写江上所见风景的文笔颇为优美，人物对话也有浓郁的文人气息。本篇子弟书充分发挥了诗歌的优势，在讲述故事的同时渲染了大雾横江的意境。

《草船借箭》（快书），全本，第 550 页

取材于《三国演义》第四十六回"用奇谋孔明借箭　献密计黄盖受刑"。

写草船借箭的故事，从周瑜定计要害诸葛亮一直讲到下船取箭。本篇快书的前四落都以对话为主，同原文区别不大。最后一落是连珠调，将大雾景象和船上军士擂鼓威势渲染得比较精彩。

《苦肉计》，全本，第556页

取材于《三国演义》第四十六回"用奇谋孔明借箭　献密计黄盖受刑"。

写借箭之后，诸葛亮和周瑜同时定计火攻。黄盖主动要求诈降，周瑜依计当众责打黄盖，黄盖托阚泽去向曹操递降书。子弟书内容同原文一致。只不过原文写完借箭就宕开一笔去写曹营，而子弟书的视角全在周瑜水军内部。

《打黄盖》（快书），全本，第560页

取材于《三国演义》第四十六回"用奇谋孔明借箭　献密计黄盖受刑"。

写借箭之后，诸葛亮和周瑜同时定计火攻。黄盖主动要求诈降，周瑜依计当众责打黄盖。内容同原文一致。黄盖被打之前故意当众和周瑜吵架，从而引出责打一事。本篇快书重点就在他们的吵架上。原文几句话带过，而快书发挥连珠调的优势，用独特的连珠炮一样密集的节奏将两人的唇枪舌剑写得激烈精彩。

《阚泽下书》，全本，第566页

取材于《三国演义》第四十六回"用奇谋孔明借箭　献密计黄盖受刑"和第四十七回"阚泽密献诈降书　庞统巧授连环计"。

写黄盖被打之后托阚泽到曹营递降书，阚泽完成使命。内容与原文一致，语言也无甚出彩。

《赤壁鏖兵》，车王府本，第247页

取材于《三国演义》第四十七回"阚泽密献诈降书　庞统巧授连

环计"和第四十八回"宴长江曹操赋诗　锁战船北军用武"。

其实只是庞统献计成功之后与徐庶的一段对话。赤壁之战前,庞统向曹操献计,用铁链将战船拴在一起,就可以避免士兵晕船。徐庶私下点破了连接战船,一旦起火不能断开的弊端,庞统害怕,请求他不要告诉曹操。内容基本与原文相同,但是语言更俏皮,将朋友之间的调笑写得非常生动。

《借东风》(快书),全本,第578页

取材于《三国演义》第四十九回"七星坛诸葛祭风　三江口周瑜纵火"。

写周瑜因无东南风急病了,诸葛亮来探病,提出祭风。诸葛亮设坛祭来东南风后,周瑜派将领去杀害他却落了空。内容与原文完全一致,语言差别也不大。

《华容道》(快书),全本,第598页

取材于《三国演义》第五十回"诸葛亮智算华容　关云长义释曹操"。

写赤壁兵败之后,曹操逃到华容道遇见关羽,关羽感念旧情将曹操放走。原文这一段写得曲折动人,曹操先是遇见赵云、张飞,最后才来到华容道上。本篇快书将前两段全部省略,直接写曹操见关羽。内容比原文平淡了许多,语言也十分平庸。

《赤壁鏖兵》(快书),全本,第603页

取材于《三国演义》第五十回"诸葛亮智算华容　关云长义释曹操"。

写赤壁兵败之后,曹操遇见赵云、张飞挡道,最后逃到华容道遇

见关羽，关羽感念旧情将曹操放走。内容同原文基本一致，但是对火烧曹营的情景，以及赵云、张飞、关羽三位将军的外表描述比较细腻。

《挡曹》，煦园氏作，车王府本，第91页

取材于《三国演义》第五十回"诸葛亮智算华容　关云长义释曹操"。

写曹操赤壁兵败后，在华容道批评诸葛亮，结果遇到关公埋伏，无奈哀求关公放自己一条生路。子弟书内容与原文基本相同，只多关公外表描述。

《战长沙》（快书），全本，第637页

取材于《三国演义》第五十三回"关云长义释黄汉升　孙仲谋大战张文远"。

写关公攻打长沙府，黄忠出战。阵前关羽劝降，黄忠不肯，两人交战。内容只说了原文的一半，语言比较平庸。

《三战黄忠硬书》，车王府本，第1659页

取材于《三国演义》第五十三回"关云长义释黄汉升　孙仲谋大战张文远"。

写关公同黄忠打斗，双方惺惺相惜，最后关公攻下城池，黄忠归降。子弟书花了很大篇幅写关羽的仁义和黄忠的勇猛，两军对阵的阵容，二位大将的外表，对阵的语言，打斗的过程，子弟书比原文丰满得多。而且子弟书增加了两个细节：一是关公的拖刀计是受了猴精的点化；二是原文里黄忠和魏延并无关系，而子弟书里两人有了很厚的交情，并且通过二人的对话使得故事的发展更加合情合理，人物形象也更为丰满。这一点与《新风仪亭》恰好相反，一为删减情节，一为增加情节。

《孔明借箭》[①]，《三国子弟书词》之三

取材于《三国演义》第四十六回"用奇谋孔明借箭 献密计黄盖受刑"。

写赤壁之战前，诸葛亮利用大雾骗取曹操十万支箭的故事。子弟书内容同原文一致，文采不及快书《草船借箭》。

《借东风》，《三国子弟书词》之四

取材于《三国演义》第四十九回"七星坛诸葛祭风 三江口周瑜纵火"。

写赤壁之战前，万事俱备，只欠东风。周瑜焦虑成病。诸葛亮算准三天之内会刮东南风，但故意假说要登坛作法借来东风。法事后，周瑜派人暗杀诸葛亮，却被诸葛亮看破，飘然而去。子弟书内容同原文一致，重点是写诸葛亮探望周瑜的过程。二人各怀心事、互相试探的情态写得栩栩如生。

《火烧战船》，《三国子弟书词》之五

取材于《三国演义》第四十九回"七星坛诸葛祭风 三江口周瑜纵火"。

写孔明离去后，周瑜无可奈何，只好全力对付曹操。黄盖带领士兵诈降，小船装满硫黄柴草，火攻曹营，曹操大败。子弟书内容同原文一致。黄盖接近曹操战船的时候，程昱不许靠近，黄盖一往无前的紧张感瞬间写得非常生动。

[①] 收录于《俗文学丛刊》，中国台湾"中研院"历史语言研究所俗文学丛刊编辑小组整理，新文丰出版股份有限公司2004年出版。《三国子弟书词》在《俗文学丛刊》的第386卷第18—60页。

《华容道》,《三国子弟书词》之六

取材于《三国演义》第五十回"诸葛亮智算华容 关云长义释曹操"。

写火攻曹营之后,诸葛亮调兵遣将,在华容道设埋伏抓曹操。内容与子弟书《挡曹》不一样。虽然都是写华容道上捉放曹操的故事,但《挡曹》是从曹操的角度写的,而《华容道》是从诸葛亮的角度下笔。子弟书文笔很一般,不及《挡曹》精彩。

《甘露寺》,《三国子弟书词》之七

取材于《三国演义》第五十四回"吴国太佛寺看新郎 刘皇叔洞房续佳偶"。

从鲁肃讨荆州未果写到孙夫人与刘备离开东吴。内容虽与子弟书《东吴招亲》一致,但具体笔墨的分量不同。《东吴招亲》的重点是刘备逃离东吴的过程,而《甘露寺》的重点是吴国太相看刘备的情节。文笔较为平庸。

《子龙赶船》,《三国子弟书词》之八

取材于《三国演义》第六十一回"赵云截江夺阿斗 孙权遗书退老瞒"。

写周瑜派周善接孙尚香回东吴,孙尚香欲带阿斗同去,被赵云在船上夺回。赵云在船上和孙尚香唇枪舌剑的争辩写得比较精彩。

《龙凤配》(甲),全本,第671页

取材于《三国演义》第五十四回"吴国太佛寺看新郎 刘皇叔洞房续佳偶"。

写刘备久占荆州不还,鲁肃讨荆州未果,周瑜定计用孙权之妹作婚姻诱饵,骗刘备至东吴伺机挟持。吴国太于甘露寺相看女婿,定下亲事。内容同原文基本一致,语言平淡。

《龙凤配》(乙),全本,第 677 页

取材于《三国演义》第五十四回"吴国太佛寺看新郎　刘皇叔洞房续佳偶"和第五十五回"玄德智激孙夫人　孔明二气周公瑾"。

写刘备久占荆州不还,鲁肃讨荆州未果,周瑜定计用孙权之妹作婚姻诱饵,骗刘备至东吴伺机挟持。吴国太于甘露寺相看女婿,定下亲事。婚后,刘备携带妻子逃回荆州。本篇子弟书的细节与原文出入很大,三个锦囊没提,最后竟然说是张飞来保驾将刘备夫妻带回,明显是作者在创作的时候记不清原文,张冠李戴,语言也无甚出彩。

《东吴记》,车王府本,第 1135 页

取材于《三国演义》第五十四回"吴国太佛寺看新郎　刘皇叔洞房续佳偶"和第五十五回"玄德智激孙夫人　孔明二气周公瑾"。

写刘备久占荆州不还,鲁肃讨荆州未果,周瑜定计用孙权之妹作婚姻诱饵,骗刘备至东吴伺机挟持。诸葛亮用三个锦囊破解周瑜的计策,不仅成就了孙夫人与刘备的亲事,还保护了刘备安然离开。子弟书所有细节都与原文一致,语言风格在忠实于原文的基础上增加了一点俏皮的成分。传奇中虽然有《东吴记》,但看情节语言,子弟书明显是由小说改编的。

《东吴招亲》,车王府本,第 99 页

取材于《三国演义》第五十四回"吴国太佛寺看新郎　刘皇叔洞房续佳偶"和第五十五回"玄德智激孙夫人　孔明二气周公瑾"。

从鲁肃讨荆州未果写到孙夫人与刘备离开东吴。子弟书将整个故事梗概讲述了一遍,省略了许多细节,怀疑是《东吴记》的压缩版。

《截江夺斗》(快书),全本,第 716 页

取材于《三国演义》第六十一回"赵云截江夺阿斗　孙权遗书退老瞒"。

写周瑜派周善接孙尚香回东吴,孙尚香欲带阿斗同去。赵云跳上船去,杀死周善,夺回阿斗。孙尚香执意要回东吴,赵云也不阻拦,和前来接应的张飞一同放其归去。内容和部分语言同原文基本一致。

《单刀会》(硬书),车王府本,第 1593 页

取材于《三国演义》第六十六回"关云长单刀赴会　伏皇后为国捐生"。

写鲁肃欲取荆州,骗关公赴宴,想趁机要回荆州,不料关公神勇过人,单刀制服鲁肃平安返回之事。内容与原文完全一致,只是关公过江赴宴的唱词深受关汉卿的《关大王独赴单刀会》第四折唱词影响。"水涌山叠,年少的周郎何处也?不觉得灰飞烟灭,可怜黄盖转伤嗟。破曹的樯橹一时绝,鏖兵的江水犹然热,好教我情惨切!(云)这也不是江水。(唱)二十年流不尽的英雄血。"只是元杂剧《关大王独赴单刀会》的情节里有乔国老、司马徽反对请关公赴宴的情节,本篇子弟书没有;本篇子弟书和《三国演义》都有周仓斥责鲁肃的情节,元杂剧没有。可以断定,本篇子弟书取材于《三国演义》而非《关大王独赴单刀会》。

《单刀会》,全本,第 696 页

取材于《三国演义》第六十六回"关云长单刀赴会　伏皇后为国

捐生"。

本篇子弟书的内容和语言同上篇基本一致，只是偶有语句的变化和细微的增删而已。比如上文是"我欲要设下一个单刀会，诓哄云长到此间。饮酒中间把荆州要，埋伏兵将将他拦"，本文就是"奉请关公来赴宴，酒席筵前将他拦。预备伏兵行此事，诓哄云长到此间"，严格说来几乎不能算两篇子弟书。但语句终究不完全相同，姑且列为异文处之。

《八阵图》（快书），全本，第722页

取材于《三国演义》第八十四回"陆逊营烧七百里　孔明巧布八阵图"。

写陆逊火烧连营，刘备狼狈逃窜。陆逊追逐刘备至鱼腹浦，看到诸葛亮布下的八阵图不以为意，轻入阵中，结果飞沙走石，不辨东西。陆逊张皇失措，被诸葛亮的岳父黄承彦带出。故事内容同原文一致，只是原文描绘八阵图中的险恶景象时一笔带过，本篇快书则大肆渲染。

《白帝城》，韩小窗作，车王府本，第93页

取材于《三国演义》第八十五回"刘先主遗诏托孤儿　诸葛亮安居平五路"。

写刘备兵败白帝城，知道自己不久于人世，就向诸葛亮托孤。与原文差别甚大。子弟书中有遗言众文武一段，原文无。原文刘禅镇守成都，并未见到刘备最后一面；而子弟书为了加强悲剧效果，让刘禅出面拜诸葛亮。原文刘备临终并未说及天下苍生、关张义气的话，但子弟书为了塑造刘备的伟岸形象加上去了，可以理解。原文刘备有批评马谡的一段，是为下文做伏笔；子弟书略去，为的是行文紧凑。本篇子弟书语言真挚动人。

《白帝城》，全本，第731页

取材于《三国演义》第八十五回"刘先主遗诏托孤儿　诸葛亮安居平五路"。

写刘备兵败白帝城，思念关羽、张飞，朦胧间见到二人鬼魂，知道自己不久于人世，就向诸葛亮托孤。本篇子弟书同原文的情节更加吻合。刘禅没有出场，刘备让另外二子刘永、刘理拜诸葛亮。但语言的文采和情感的力度远远不及韩小窗之作，只能说通顺而已。本篇子弟书的最后四句是"售书人雪压草舍闲弄笔，写一段刘备托孤白帝城。字句儿轻薄语儿淡，未必然高明之士笑狂生"，倒算得上实事求是。

《祭泸水》，松谷居士作，全本，第735页

取材于《三国演义》第九十一回"祭泸水汉相班师　伐中原武侯上表"。

写诸葛亮七擒孟获之后班师凯旋，经过泸水时发现两岸阴风阵阵，鬼哭神号，无法通过。诸葛亮认为是惨死在战争中的冤魂作祟，于是做了四十九个馒头，杀牛宰马以充肉馅祭之，泸水乃定。子弟书的内容和语言都同原文一致，无甚特色。

《凤鸣关》（快书），全本，第738页

取材于《三国演义》第九十一回"祭泸水汉相班师　伐中原武侯上表"和第九十二回"赵子龙力斩五将　诸葛亮智取三城"。

写曹丕死后，诸葛亮认为伐魏时机已到，上《出师表》，调兵遣将。诸葛亮故意不点赵云，激得赵云争先杀敌，在凤鸣关杀败魏将韩德父子五人。本篇快书的内容和语言同原文极为相似，很多地方甚至不避冗赘。比如：诸葛亮调遣的将帅姓名，放在小说里必须交代，否

则无法进行下一步的叙述,而在快书里就毫无必要了,本篇快书竟然把名单一一录入,甚是无味。

《诸葛骂朗》,煦园作,珍本,第 117 页

取材于《三国演义》第八十五回"刘先主遗诏托孤儿　诸葛亮安居平五路"到第九十三回"姜伯约归降孔明　武乡侯骂死王朗"。

写刘备去世后,诸葛亮率军扫平魏军五路兵马。一次蜀魏两军对阵,王朗劝诸葛亮投降,反被痛骂。王朗气死。重点是这一头一尾,中间七擒孟获的部分一笔带过。情节与原文基本一致。一般来说,子弟书改编的妙处在于细节添加,但此处的情节压缩处理得也非常好。

《骂朗》,珍本,第 121 页

取材于《三国演义》第八十五回"刘先主遗诏托孤儿　诸葛亮安居平五路"到第九十三回"姜伯约归降孔明　武乡侯骂死王朗"。

从刘备新丧,诸葛亮平魏军五路兵马,到骂死王朗。重点是这一头一尾,中间七擒孟获的部分一笔带过。情节与原文基本一致,比《诸葛骂朗》还简单。

《骂朗》,韩小窗作,全本,第 755 页

取材于《三国演义》第九十三回"姜伯约归降孔明　武乡侯骂死王朗"。

写夏侯楙兵败之后,曹睿无奈,点曹真为帅,同王朗前去抵御诸葛亮之兵。王朗自信一席话就可说动孔明,不料反被孔明大骂一通,当场气死。内容和语言同原文高度一致,基本上就是把原文的散文改成韵文而已。

《空城计》（快书），全本，第 759 页

取材于《三国演义》第九十五回"马谡拒谏失街亭　武侯弹琴退仲达"。

写马谡失街亭后，诸葛亮无兵可以抵御司马懿，只好上演空城计，焚香弹琴吓退司马懿。语言上，本快书受京剧《空城计》的影响非常明显，京剧中诸葛亮的著名唱段在本篇快书中只略做改动就直接采用了。

《叹武侯》，韩小窗作，车王府本，第 95 页

同《三国演义》原文几乎毫无关系，只是诸葛亮去世后，作者用咏叹手法回顾诸葛亮一生功业，倾诉内心悲痛。本篇语言深挚流畅，用诸葛亮一生的功业作为子弟书作者抒情的载体，悲痛之情喷薄而出，震撼人心。很难说这篇子弟书算叙事诗还是抒情诗，抒情气氛极其浓厚，却以叙事为依托。子弟书善于叙事、善于抒情的优点在本篇中体现得淋漓尽致。

《武乡侯》，全本，第 769 页

结构同《叹武侯》完全一致，语言也多有相似之处，怀疑是同一篇子弟书在传唱过程中，各个表演者临时加减改变词句的结果。

《水浒传》[①]（16 篇）

《水浒全人名》，车王府本，第 116 页

取材于《水浒传》。

每句讲一个人的名号和事迹，基本上将 108 将都说齐了。没有叙事性，基本上属于文字游戏。

《醉打山门》，春澍斋作，车王府本，第 187 页

取材于《水浒传》第三回"赵员外重修文殊院　鲁智深大闹五台山"。

写鲁智深皈依佛门之后，不守清规，抢卖酒人的酒喝，喝醉之后打坏山门。内容基本同原文一致，只是对五台山上的风景有所描述。传奇《虎囊弹·山门》也有这一段。很难说子弟书取材于小说还是戏曲。但《水浒》子弟书受戏曲的影响是不容否认的事情，其表现之一就是子弟书改编的《水浒》篇目都是戏曲舞台上非常流行的片段。

《夜奔》，车王府本，第 123 页

取材于《水浒传》第八回"柴进门招天下客　林冲棒打洪教头"。

明代李开先传奇《宝剑记》第三十七出《夜奔》，写的是林冲被发配沧州以后，因为草料场被烧，不得不逃往梁山，就在去梁山路上的一段唱词。但是本篇子弟书写的是林冲在去沧州的路上，解差要谋害林冲，被鲁智深救下，林冲辞别鲁智深后拜访柴进，两人喝酒谈心

[①] 本书所参考的《水浒传》为齐鲁书社 1991 年版。

一段。因此，子弟书虽然与传奇同名，但还是取材于《水浒传》，基本内容同原文相似，只是对路途和柴家大院的景色描写相对详细。有一点同原文不同：子弟书说林冲喝酒时切齿痛恨高俅，但原文里林冲还是委曲求全，只说："为因恶了高太尉，寻事发下开封府。"京剧里也有《夜奔》一出，但唱词和子弟书不相似。本篇子弟书虽然难以断定究竟出自何处，但受京剧《夜奔》一出的影响不容否认。

《卖刀试刀》，韩小窗作，车王府本，第324页

取材于《水浒传》第十一回"梁山泊林冲落草 汴京城杨志卖刀"。

写杨志卖刀，碰到泼皮牛二百般刁难，杨志一怒之下杀死牛二的事。内容与原文完全一致，但是牛二的无赖形象塑造得极好，外貌、言语、举动均栩栩如生，语言流利精彩。原文这一段就堪称经典，而子弟书的改写胜过原文。

《烟花楼》，张松圃作，珍本，第303页

取材于《水浒传》第十九回"梁山泊义士尊晁盖 郓城县月夜走刘唐"和第二十回"虔婆醉打唐牛儿 宋江怒杀阎婆惜"。

写阎婆惜嫁给宋江之后，嫌婚后生活乏味，后悔嫁宋江之事。

此文似乎是一篇长书的前半截，怀疑原本与《坐楼杀惜》是同一部，后来为了演唱方便才断成两种的。阎婆惜嫁宋江前的生活和新婚的心情在原文里并不详细，这里经过子弟书作者的合理、想象和细致铺叙，都写得合情合理、细致入微，文字也非常华丽。

《坐楼杀惜》，车王府本，第712页

取材于《水浒传》第十九回"梁山泊义士尊晁盖 郓城县月夜走

刘唐"和第二十回"虔婆醉打唐牛儿　宋江怒杀阎婆惜"。

写阎婆惜发现宋江和晁盖来往，想利用书信敲诈宋江，被宋江杀死。

明代许自昌传奇第二十三出《感愤》里也有这一段，但看子弟书，很难说究竟取材于何处。从细节上看，应该是从《水浒传》原文里改编的。判断依据是：《水浒记》里并无阎婆惜讨要二十锭黄金的情节，而在子弟书和《水浒传》里，这二十锭黄金却是宋江杀阎婆惜的直接原因。

从和《烟花楼》《活捉》两部子弟书的上下文关系上看，又像取材于《水浒记》。因为在戏曲里，阎婆惜嫁给宋江之后不满，与张文远偷情，敲诈宋江也是为了自己和张文远日后的生活考虑。被宋江杀死后阴魂又去找张文远。三部子弟书可谓一气呵成。很可能一开始是一部大子弟书，为了演唱方便拆成三部。从子弟书的发展角度和清代戏曲流行程度来看，取信于传奇《水浒记》。

《武松打虎》（快书），全本，第1887页

取材于《水浒传》第二十二回"横海郡柴进留宾　景阳冈武松打虎"。

写武松回乡寻兄，半路经过景阳冈，在酒店喝了十八碗"三碗不过冈"，不顾酒保劝阻执意过岗，在山上打死老虎的故事。本篇快书的改动是相当失败的。快书的大部分篇幅都是武松和酒保的对话，只有很小一部分留给了打虎，描写也无甚精彩之处。

《挑帘定计》，鹤侣氏作，车王府本，第118页

取材于《水浒传》第二十四回"王婆贪贿说风情　郓哥不忿闹茶肆"。

从竿子打了西门庆写到"十分光",基本同原文一致,只是省去了西门庆和王婆调笑的那部分,为的是行文紧凑。

《义侠记》,全本,第 1892 页

取材于《水浒传》第二十五回"偷骨殖何九送丧　供人头武二设祭"。

写武松在武大死后,准备酒席宴请邻居,在众人面前杀死潘金莲的故事。子弟书的内容和原文基本一致,改编无甚精彩。

《走岭子》,韩小窗作,车王府本,第 125 页

取材于《水浒传》第三十回"张都监血溅鸳鸯楼　武行者夜走蜈蚣岭"。

原文不过是"当晚武行者辞了张青夫妻二人,离了大树十字坡,便落路走。此时是十月间天气,日正短,转眼便晚了。约行不到五十里,早望见一座高岭。武行者趁着月明,一步步上岭来,料到只是初更天色"。几句话,子弟书敷衍成一篇。前面固然有几句文字讲述武松扮行者的过程,但全篇主要还是讲路上的萧条风景、武松心里的悲愤。原文里武松并无建功立业的想法,而子弟书里的武松则发誓这一生要轰轰烈烈。武松的形象比原文要丰满鲜明很多。梆子腔有《蜈蚣岭》一出,但并无武松想建功立业的唱词,因此本文采信于《水浒传》。

《蜈蚣岭》,车王府本,第 705 页

取材于《水浒传》第三十回"张都监血溅鸳鸯楼　武行者夜走蜈蚣岭"和第三十一回"武行者醉打孔亮　锦毛虎义释宋江"。

写武松改扮陀头拜别张青夫妇,经过蜈蚣岭,遇到恶贼王道人并

将其杀死的故事。情节与原文有很大出入。原文里受害者只有女子一人，而这里则是写老苍头和小姐上坟被劫，武松答应帮助老苍头。武松改装的过程写得很有市民味道，小姐痛骂道人也骂得很精彩。原文小姐的形象非常软弱，同道人的调笑也显得很低贱。而子弟书把小姐表现成一个烈女，可能与当时的道德规范有关。梆子腔有《蜈蚣岭》，也是演唱这段故事，小姐的形象也很软弱。子弟书里有武松改扮陀头的情节，因此采信于《水浒传》，但作者创作受《蜈蚣岭》影响，也是不容否认的事实。

《削道冠儿》，车王府本，第 406 页

取材于《水浒传》第三十回"张都监血溅鸳鸯楼　武行者夜走蜈蚣岭"和第三十一回"武行者醉打孔亮　锦毛虎义释宋江"。

写武松改扮陀头拜别张青夫妇，经过蜈蚣岭，遇到恶贼王道人并将其杀死的故事。本篇情节与原文有很大出入。原文里受害者只有女子一人，而这里则是写老苍头和小姐上坟被劫，武松答应帮助老苍头。这里小姐并未出现，单纯描写武松和老苍头的对话以及武松杀死恶道人及其下属的经过。

《蜈蚣岭》（快书），车王府本，第 406 页

取材于《水浒传》第三十回"张都监血溅鸳鸯楼　武行者夜走蜈蚣岭"和第三十一回"武行者醉打孔亮　锦毛虎义释宋江"。

写武松改扮陀头拜别张青夫妇，经过蜈蚣岭，遇到恶贼王道人并将其杀死的故事。情节同《削道冠儿》很接近，但视角不同。第一回从王道人的视角入手，写抢张小姐的经过；第二回从武松的视角写他和老苍头的对话；第三回用全知视角写武松杀王道人的过程。

《李逵接母》，罗松窗作，车王府本，第 508 页

取材于《水浒传》第四十二回"假李逵剪径劫单人　黑旋风沂岭杀四虎"。

写宋江允许李逵接母亲上山，李逵途中遇到李鬼，回家后见到母亲。内容与原文基本一致，只是写到见到母亲就停笔了。基本上就是把原文的叙事散文改为叙事韵文。

《翠屏山》，罗松窗作，车王府本，第 1365 页

取材于《水浒传》第四十三回"锦豹子小径逢戴宗　病关索长街遇石秀"、第四十四回"杨雄醉骂潘巧云，石秀智杀裴如海"和第四十五回"病关索大闹翠屏山，拼命三火烧祝家店"。

写石秀结拜杨雄。杨雄妻子潘巧云同和尚裴如海通奸，诬陷石秀。石秀设计抓住裴如海，并杀死潘巧云。情节同原文基本相同，但是子弟书里多了潘巧云勾引石秀、潘巧云同丫鬟迎儿商量同裴如海的奸情这两个情节，加得合情合理。人物外貌、心理、语言、动作增加了大量细节，整个故事比原文更加有血有肉，非常精彩。明代沈自晋传奇《翠屏山》讲述的也是这个故事，但看细节，还是取材于《水浒传》。比如子弟书里杨雄、石秀杀死潘巧云之后，有"兄弟转步才要走，忽听背后有人言"两句，只有《水浒传》里才有这个细节。

《盗甲》，车王府本，第 491 页

取材于《水浒传》第五十五回"吴用使时迁盗甲　汤隆赚徐宁上山"。

写时迁盗徐宁盔甲之事，内容与原文基本一致。但是子弟书作者的细节添加极为精彩。店小二报菜名，盗甲时从时迁眼里看两个丫鬟调笑，盗甲过程中的主仆对话，都极富生活情趣。明代范希哲传奇《雁翎甲》第十五出有《盗甲》，完全从时迁的角度写，对徐宁一家极少着墨。子弟书从时迁的眼里写徐宁一家，这一点同《水浒传》一致，而且盗甲细节也同《水浒传》相似，由此看来，子弟书是根据《水浒传》改编的。

《西游记》（7篇）

《反天宫》（快书），全本，第1107页

取材于《西游记》第四回"官封弼马心何足　名注齐天意未宁"。

写孙悟空发现弼马温官卑职小，一气之下反出天庭，玉帝派遣天兵天将捉拿，孙悟空和天兵天将打斗的情节。内容相当简单，重点是描摹天兵天将的阵容，语言甚是俗套，文学价值不高。

《高老庄》，车王府本，第959页

取材于《西游记》第十八回"观音院唐僧脱难　高老庄大圣除魔"和第十九回"云栈洞悟空收八戒　浮屠山玄奘受心经"。

写孙悟空在高老庄收服猪八戒的事。基本情节同原文，只是省略了猪八戒在高老庄招女婿的经过和与孙悟空的打斗。子弟书作者花了大量的篇幅写孙悟空变成高小姐后对猪八戒的假意思念，以及猪八戒同假高小姐调情。这在《西游记》原文里只是很小的一个情节，子弟书作者如此铺叙，怀疑有故作媚态吸引观众之意。

《撞天婚》，车王府本，第732页

取材于《西游记》第二十三回"三藏不忘本　四圣试禅心"。

写四位菩萨变成母女四人，试探唐僧师徒是否贪恋财色。八戒不知是计，被菩萨捉弄。内容基本同原文一致，只是添加了许多精彩的细节，猪八戒的贪色形象尤其令人捧腹。原文语言轻松诙谐，子弟书能用叙事诗的语言讲述故事，并保留原文轻松诙谐的语言风格，实属难能可贵。

《火云洞》，车王府本，第 1609 页

取材于《西游记》第四十回"婴儿戏化禅心乱　猿马刀归木母空"、第四十一回"心猿遭火败　木母被魔擒"和第四十二回"大圣殷勤拜南海　观音慈善缚红孩"。

写收服红孩儿的过程。基本情节同原文，从一开始遇见红孩儿直至红孩儿假扮观音骗猪八戒上当一段很详细，以后就非常简略。猪八戒的语言描写极为生动。猪八戒的形象在子弟书里有很浓厚的小市民气息。

《子母河》，车王府本，第 146 页

取材于《西游记》第五十三回"禅主吞餐怀鬼孕　黄婆运水解邪胎"。

写唐僧师徒经过女儿国时，误饮子母河水怀孕的事。内容与原文基本一致，只是子弟书将取落胎泉水的过程完全省略了。唐僧师徒怀孕的惊讶、尴尬写得极为生动形象，女儿国的几个招待他们的船娘的言行也写得极为生动，读来栩栩如生。

《芭蕉扇》，竹轩作，车王府本，第 395 页

取材于《西游记》第六十回"牛魔王罢战赴华筵　孙行者二调芭蕉扇"。

从孙悟空变成牛魔王模样写到骗扇成功，与原文基本一致，只是铁扇公主的话有变化：原文中的铁扇公主主要是说孙悟空借扇经过；而子弟书中的铁扇公主主要说的却是同玉面公主吃醋的事。说起来，子弟书中的铁扇公主更接近世俗女性的形象。

《盘丝洞》，车王府本，第 625 页

取材于《西游记》第七十二回"盘丝洞七情迷本　濯垢泉八戒忘形"。

写唐僧到盘丝洞化斋，被女妖捉拿，八戒要抓女妖，反倒被她们打败。内容与原文完全一致，只是子弟书的语言更活泼俏皮。比如，"这呆子便把钉耙掖在背，撒猪疯把脖颈直竖找妖魔"，猪八戒的急切滑稽模样跃然纸上。

《罗刹鬼国》，珍本，第 140 页

傅惜华藏清抄本，取材于明小说《后西游记》第二十回"黑风吹鬼国　狭路遇冤家"和第二十一回"域中夜黑乱魔生潭　底日红阴怪灭"。写唐大颠师徒四人误入罗刹鬼国，猪一戒被黑孩儿捉去，玉面狐狸想杀死猪一戒报仇。小行者同鬼兵厮杀，后来借观音菩萨之力化解冤仇。原文这一段写得非常生动真切，但子弟书改编的时候省略了许多细节，只是把故事梗概用韵文叙述了一遍而已，艺术效果不如原文。

《金瓶梅》（9 篇）

《升官图》，车王府本，第 122 页

取材于《金瓶梅》第四回"赴巫山潘氏幽欢　闹茶坊郓哥义愤"。

写潘金莲和西门庆偷情的过程。原文对两人偷情的描写只有几句话、一首词，一笔带过。而子弟书则极为详细地描述了整个过程，在叙述过程中用大量的满语官职名称代指偷情过程中的各种物品和动作。这些官职名称和所指代之物或是谐音，或是有一两个字相合。

《葡萄架》，车王府本，第120页

取材于《金瓶梅》第二十七回"李瓶儿私语翡翠轩　潘金莲醉闹葡萄架"。

写潘金莲和西门庆在葡萄架下调情的过程，内容同原文基本一致。但子弟书一开始对西门庆和潘金莲有简略的介绍，而且葡萄架故事写得远比原文简略，猥亵的部分能省则省，对人物外貌神态的描绘代替了原文露骨的动作描写。

《得钞傲妻》，韩小窗作，车王府本，第776页

取材于《金瓶梅》第五十六回"西门庆捐金助朋友　常峙节得钞傲妻儿"。

写常峙节借银前后妻子的态度变化，基本情节同原文，但细节比原文有很大的拓展。原文里常妻只是抱怨，子弟书里直接是撒泼；原文里常妻得到银子后的态度，远不及子弟书里的态度谄媚。这些细节加得极妙极生动，怀疑韩小窗自己恐怕也受过常峙节之辱。

《续钞借银》，韩小窗作，车王府本，第390页

取材于《金瓶梅》第五十六回"西门庆捐金助朋友　常峙节得钞傲妻儿"。

写常峙节借银之事，基本情节同原文，但细节与原文有很大出入。原文常峙节求应伯爵时，并未费那么大的事，应伯爵也没有不愿帮忙之意。原文到西门庆家，玳安并没有那么势利。原文借到钱以后，应伯爵并没有要谢礼，也没有出门，而是留在西门庆家。但这几个细节子弟书加得极妙。小人的脸酸心苦，世态炎凉，写得入木三分。语言也极其精彩，同原文的语言风格惊人的一致，很多语言放进原文里几不能辨。

《哭官哥》，韩小窗作，车王府本，第781页

取材于《金瓶梅》第五十九回"西门庆露阳惊爱月　李瓶儿睹物哭官哥"。

写从李瓶儿嫁入西门家到官哥儿夭折，基本情节同原文一致。从李瓶儿嫁进门到生官哥儿情节都齐全，文字极简练，几乎是一句一回，不得不佩服作者的概括能力。李瓶儿哭官哥儿的言辞也很动人。

《遣春梅》，韩小窗作，车王府本，第874页

取材于《金瓶梅》第八十五回"吴月娘识破奸情　春梅姐不垂别泪"。

写吴月娘卖春梅之事，基本内容与原文一致。只是原文用的是潘金莲的视角，而子弟书用的是吴月娘的视角，写潘金莲的不安分十分生动。遣春梅的过程，原文相对简略，人物对话也只有寥寥几句。但是子弟里将众人的对话大肆展开，相当精彩，把人物刻画得更加栩栩如生。

《遣春梅》，珍本，第309页

同《遣春梅》基本一致，唯一的区别就是分回有差异，篇首的诗与开头的几句话略有不同。

《永福寺》，车王府本，第788页

取材于《金瓶梅》第八十九回"清明节寡妇上新坟　永福寺夫人逢故主"。

写西门庆去世后，吴月娘清明节上坟在永福寺遇见春梅之事，内容与原文一致，很多细节加得不错。比如，月娘在坟前的哭诉十分动人，写孤儿寡母的悲凉历历在目。春梅来时，长老迎接春梅的忙乱样子也是神来之笔，放在原文里几乎不能辨别。原文这一段故事就很能体现出世态炎凉，子弟书增加了大量细节，将这一过程写得更加形象。

《旧院池馆》，韩小窗作，车王府本，第770页

取材于《金瓶梅》第九十六回"春梅姐游旧家池馆　杨光彦作当面豺狼"。

写西门庆去世后，春梅当上了守备夫人，一天回到西门府探望月娘。春梅重游昔日住过的花园，悲叹花园的破败零落。子弟书内容与原文基本一致，但原文简略，只是交代了当年几张床的下落，子弟书则把花园的冷落凄凉和春梅的复杂心情大肆渲染。描写景色的语言很优美，而且贴近人物本色，非常精彩。子弟书在这里又体现出诗歌的优势。原文是小说，只能通过一两首诗词来写昔日花园的破败，写春梅的心情也不过几句话而已，最多再用春梅的表情行动烘托一下。而子弟书可以用墨如泼地描写残破的花园，深入细致地抒写春梅面对今昔巨变的伤感。原文这一段只是点到为止，而子弟书则写得淋漓尽致，公正地说，已经超过原文。

第三章 取材于明代小说的子弟书

三言二拍（18 篇）

《珍珠衫》，珍本，第 359 页

光绪三十二年海城文林书房刻本，取材于《喻世明言》第一卷《蒋兴哥重会珍珠衫》。

写蒋兴哥妻子王氏有外遇，蒋怒而休妻，续弦平氏，不料平氏先夫陈大郎就是王氏的情夫。后来蒋经商遇难，多亏王氏搭救，夫妻重新团圆。子弟书写到王三巧和陈大郎相会相别一段，虽然同原文内容一致，但处理手法则大相径庭。且不说原文是用全知视角，子弟书是用王三巧视角，情节处理也大不相同。原文对薛婆拉拢王三巧的过程描写得极为详细，奸情则简单几句带过；子弟书则反之，相会时王三巧的容貌、贪恋、愧疚都表现得相当细腻。后面情节的处理同原文就很相似了。

《鬼断家私》，珍本，第 363 页

光绪二十年盛京会文堂本，取材于《喻世明言》第十卷《滕大尹鬼断家私》。

写倪老员外老来生次子，家产全部分给长子，次子长大后要分家产，滕大尹悟出老员外玄机之事。内容与原文基本一致，情节略有删节。由于这个故事是以情节离奇见长的，所以子弟书所做的仅仅是把情节重新叙述一遍而已，没有发挥出子弟书的优势，论起讲世态人情、民俗百态，还不及原文详细。

《卖油郎独占花魁》，北京师范大学图书馆藏本

取材于《醒世恒言》第三卷《卖油郎独占花魁》。

写卖油郎秦重爱上妓女莘瑶琴，对其百般疼爱。莘瑶琴在风尘日久，意识到秦重情深义重，实属难得，于是赎身嫁给秦重。子弟书的故事情节同原文一致，但语言比较华丽。原文是小说，对人物的心理活动着墨甚少；而本篇子弟书在莘瑶琴的心理活动方面增加了大量的细节描写，人物形象塑造得更加血肉丰满。

《花叟逢仙》，煦园氏作，车王府本，第 398 页

取材于《醒世恒言》第四卷《灌园叟晚逢仙女》。

写秋公爱花如命，却被恶霸张委打坏园林，最后在花神的帮助下报仇并且成仙的故事。子弟书只改编了一半，写到张委打坏园林之后花神显灵恢复园林就草草结尾了，不知何故。故事不完整，语言也不甚出彩，怀疑是作者创作了一半无心继续，就草草结束了。因为篇首诗里有一句"煦园氏公余偶遣怜香笔"，看来作者是官员或者门吏。

《凤鸾俦》，车王府本，第 1557 页

取材于明冯梦龙《醒世恒言》第七卷《钱秀才错占凤凰俦》。

写吴江富户阎俊，向美女高小姐家提亲。高家要求相看女婿，阎俊貌丑，就让表弟钱青顶替。钱青才貌双全但是家境贫寒，依靠阎俊接济，无奈答应此事。高家看中钱青，定下婚事。结果迎亲那天刮风下雪，西湖结冰，高家无奈，让钱青在自家和高小姐成亲。钱青连着三夜不接近小姐。三天后回到阎俊家，阎俊愤怒，和钱青厮打，惊动县令。县令判决钱青和高小姐成亲。子弟书的内容和原文一致，但是写得极为详细，篇幅扩充了几十倍，将三人的外貌气质，婚礼的热闹场面，洞房里钱青的愧悔无奈，高小姐的狐疑不定，都写得栩栩如生。高小姐临嫁之前丫鬟请求做陪房，母亲担忧女儿出嫁以后家务难以料理，这两段笔墨加得很精彩，也反映了当时的民俗和生活细节。

第三章 取材于明代小说的子弟书

《巧姻缘》，车王府本，第 367 页

取材于《醒世恒言》第八卷《乔太守乱点鸳鸯谱》。

写刘家与孙家联姻，刘家儿子临成亲生病，不肯改婚期，孙家无奈，把儿子打扮成新娘送来，又与刘家女儿同卧发生关系一事。原文里这是故事的前半截，后面还讲事情败露，两家对簿公堂，乔太守成全三对好姻缘。但子弟书里只讲到发生关系，而且故事的起因也是能省则省，把笔墨全用到两人同卧上了，将两人的调笑言语和举动写得极为详细，怀疑是子弟书作者故意要挑逗听众。

《三难新郎》，西林氏作，车王府本，第 682 页

取材于《醒世恒言》第十一卷《苏小妹三难新郎》。

原文写苏小妹婚前婚后同父兄丈夫吟咏诗文的佳话，子弟书截取了一半，从小妹婚前才名远播，择婿选中秦少游，写到新婚之夜出题为难新郎而止。子弟书将小说里不必要的枝节只是淡扫一笔，重点写秦少游装扮成道人看小妹，新婚之夜答题入洞房的情节。子弟书作者对秦少游的心理着墨甚多，比原文更加生动可感。叙事语言也考虑到用叙事诗讲述诗文佳话，很多语言很自然地形成工整的对仗，作者的文字功力可见一斑。

《摔琴》，车王府本，第 1579 页

取材于《警世通言》第一卷《俞伯牙摔琴谢知音》。

俞伯牙与钟子期相会于山下，因听琴而结为兄弟，约好明年再会。第二年伯牙来，子期已亡故，伯牙在子期坟前抚琴一曲，摔琴以谢知音。子弟书内容同原文完全一致。由于这个故事属于文人雅事，要表现人物的诗人气质，讲述的时候韵文的艺术效果要远远大于散

文。子弟书正发挥了叙事诗的优势，将二人的相遇情景写得极为清逸脱俗，改编相当成功。

《携琴访友》（快书），全本，第221页

取材于《警世通言》第一卷《俞伯牙摔琴谢知音》。

写俞伯牙与钟子期结拜后，第二年来访钟子期，却发现子期亡故。俞伯牙摔琴谢知音之后奉养子期父母终老。语言的文雅清逸程度不及《摔琴》。本篇为快书，其中有唱词又有说白。说白不押韵，可见表演时是唱一段说一段。这种格式在子弟书和快书里非常罕见。

《富春院》，全本，第2796页

取材于《警世通言》第二十四卷《玉堂春落难逢夫》。

本篇子弟书只讲述了原文三分之一的内容，说礼部尚书之子王景隆和妓女玉堂春相爱，为之挥金如土，三万两银子用光之后被老鸨用计赶出。子弟书的内容和语言都同原文很接近。

《三笑姻缘》，车王府本，第1633页

取材于《警世通言》第二十六卷《唐解元一笑姻缘》。

有学者认为出自清代无名氏《三笑姻缘》传奇，误。虽然《三笑姻缘》的故事极为流行，无论是小说还是戏曲均多有取材，比如，明代孟称舜有《花前一笑》杂剧，明代卓人月有《花舫缘》传奇，清代有相关皮黄，但相比众多版本，子弟书无论是从细节上还是从语言上，都同《警世通言》的版本最为相近。子弟书完全采用原文的叙事模式，就连细节都丝毫不差，语言也多有采用，几乎就是将原文由散文改成韵文而已。

第三章 取材于明代小说的子弟书

《百宝箱》,韩小窗作,车王府本,第 604 页

取材于《警世通言》第三十二卷《杜十娘怒沉百宝箱》。

本篇是残卷,只写到李甲和孙富喝酒。但只从前半截也能看出子弟书作者和小说作者的用心不同。子弟书里详细描述了李甲和杜十娘的相遇,杜十娘对自己烟花身份的悲叹,这两段精彩的描写在原文里是没有的。原文对老鸨的嘴脸和李甲求告无门的部分写得很详细,但子弟书一笔带过。之所以有差异,我想是因为小说热衷于把故事讲清楚,而子弟书不在意情节够不够完整,只在意语言够不够流畅俏丽,人物形象刻画得够不够细腻,尤其是佳人的形象。子弟书里写人物的笔墨基本都花在女人身上,并不热衷于写英俊男人,可能跟作者和听众都是男性有关。

《青楼遗恨》,韩小窗作,车王府本,第 937 页

取材于《警世通言》第三十二卷《杜十娘怒沉百宝箱》。

本篇子弟书重点写李甲与孙富喝酒商定转卖十娘,十娘假意应允,亮出百宝箱内宝物,投水而死。本篇文采不及《百宝箱》,只是用韵文形式叙述故事而已,缺乏特别精彩的笔墨。改编不算失败,但比较平淡。

《杜十娘怒沉百宝箱》,全本,第 2882 页

取材于《警世通言》第三十二卷《杜十娘怒沉百宝箱》。

本篇子弟书讲述了完整的杜十娘故事。李甲和杜十娘在勾栏院相遇相爱,杜十娘拿出私房钱让李甲给自己赎身。二人本打算回乡,行到瓜州,李甲以一千两银子将杜十娘卖给孙富。杜十娘假意应允,盛装打扮,第二天清晨在船头打开百宝箱,将箱中珠宝倒进江中,痛斥二人,投江而死。本篇子弟书的前半段同《百宝箱》几乎完全一样,只是缺了杜十娘在江上弹琴引起孙富窥伺一段。后半段的语言自成一体。从关于杜十娘的三个故事可以看出，子弟书的互相借鉴传抄现象非常普遍。

《百年长恨》，全本，第 2685 页

取材于《警世通言》第三十四卷《王娇鸾百年长恨》。

小说原文讲述周建章和王娇鸾是隔壁邻居，王娇鸾荡秋千被周建章看到，百般勾引，二人私定终身。后来周建章回乡另娶，王娇鸾愤而上吊自尽，临死时留下长诗鸣冤。乌江县令查明此事，将周建章乱棍打死。

本篇子弟书的内容和语言都同原文接近，但很多篇章语言非常俚俗，文学价值不高。

《谈剑术》，车王府本，第 513 页

取材于《初刻拍案惊奇》卷四《程元玉店肆代偿钱 十一娘云冈纵谭侠》。

原文写客商程元玉为侠女韦十一娘偿还饭钱，后来遇到盗贼，被十一娘解救，当晚在庵中听她讲道并观赏剑术之事。子弟书减去了付饭钱、遇盗贼的情节，只写听侠女讲道和观赏剑术。这部分内容同原文一致。原文写观赏剑术的一段比较简略，而子弟书对这个场景增加了不少文字，文笔优美。

《麟儿报》，财盛堂刻本，珍本，第 267 页

取材于《初刻拍案惊奇》卷二十《李克让竟达空函 刘元普双生贵子》。

写善人刘元普救助不相识的孤儿寡女，终得善报生两儿之事，基

本故事同原文。但原文是用第三视角交代裴刺史的凄惨身世，写得极其曲折动人；子弟书里则用刘元普的眼光插叙这段故事，固然省下许多笔墨，但终究不及原文动人。该篇作者的概括能力和叙事能力很强，复杂的情节能用简短的笔墨叙述得分毫不乱；但是，正因为过于重视情节，原文的很多动人之处就被省略了，比如裴习临死前的悲痛，兰孙讨尸葬父的壮烈，李彦青夸官谢恩的荣耀，非常富于戏剧性，子弟书应在这些扣人心弦的地方大书特书才是，这里反倒都一笔带过了，实在可惜。

《魂完夙愿》，全本，第 2628 页

取材于《初刻拍案惊奇》卷二十三《大姊魂游完夙愿 小姨病起续前缘》。

小说原文讲述崔兴哥与吴兴娘自幼有婚约，后来兴娘病故，三月后崔兴哥才至。有女子自称兴娘之妹，与崔生私会私奔。一年后崔生回到吴家，才发现这个女子是已死的兴娘的魂魄，利用了妹妹庆娘的身体和自己欢会。兴娘魂魄要求父母把妹妹嫁给崔生，完成生前夙愿，吴家答应了，崔生和庆娘喜结良缘。

本篇子弟书只讲述到崔生决定回吴家。最后一句是"下段便疾起续前缘说清"，可见这是残篇，应该还有下文，可惜湮灭无考。本篇子弟书的内容和语言同小说极为相似，几乎就是散文改成韵文而已。

《双郎追舟》，珍本，第 252 页

中国艺术研究院戏曲研究所藏抄本。取材于明代梅鼎祚编纂小说《青泥莲花记》。

写妓女苏卿与书生双生相爱。老鸨贪财，将苏卿卖给富商冯魁。双生得信，雇快船追赶冯魁的船，夜里终于赶上。苏卿将冯魁灌醉，

与双生私奔。冯魁误以为苏卿投水而死,懊丧而返。子弟书内容同原文一致,语言华丽优美,但有雕琢过甚之弊。

《张良辞朝》(又名《紫罗袍》),珍本,第91页

光绪三十二年盛京财胜书房本。取材于明代甄伟小说《西汉演义》。

写刘邦平定天下之后,张良请求辞官归隐的事情。情节虽然很简单,但张良辞官的语言有浓郁的抒情诗色彩,将隐逸生活写得充满诗情画意。这一点很能体现子弟书的抒情特色,总是追随着叙事的过程,通过人物的所见所闻、所思所言来抒情。

《千金一笑》,静斋作,车王府本,第866页

取材于《东周列国志》第二回"褒人赎罪献美女 幽王烽火戏诸侯"和第三回"犬戎主大闹镐京 周平王东迁洛邑"。

写周幽王宠幸褒姒,申后和太子整治褒姒,反倒母子双双被废。后来幽王为哄褒姒一笑,不惜乱点烽火戏弄诸侯,最后落得国破家亡的命运。故事同原文完全一致,只不过是将散文改成韵文。

《范蠡归湖》,车王府本,第1121页

取材于《东周列国志》第八十三回"诛芈胜叶公定楚 灭夫差越王称霸"。

写勾践被夫差扣留,范蠡和文仲遍求美女,将西施献给吴王,换回勾践。吴王迷恋西施,不理朝政,最终为勾践所败。范蠡在战争胜利之后隐匿江湖,自名陶朱,贩金珠获重利,回家安享天伦之乐。明传奇《浣纱记》讲述的也是这个故事,但将范蠡和西施写成恋人关系,又说范蠡携带西施归隐,同本篇子弟书的主题大相径庭。而《东周列国志》中说,"勾践班师回越,携西施以归。越夫人潜使人引出,

负以大石,沉于江中,曰:'此亡国之物,留之何为?'后人不知其事,讹传范蠡载入五湖,遂有'载去西施岂无意?恐留倾国误君王'之句。按范蠡扁舟独往,妻子且弃之,况吴宫宠妃,何敢私载乎?"此说同子弟书主题一致,因此采用。子弟书内容同原文一致,语言流利洒脱。

《封神榜》,全本,第 27 页

脱胎于《封神演义》。

姜子牙封神之后,掌管时运的运神来指责姜子牙没有封他,不念他让姜子牙时来运转,渭水边遇见文王之恩。姜子牙解释运神的地位实在太高,影响天地人三界,无法分封。运神欢喜而退。《封神演义》并无这段描写,是子弟书作者借题发挥的原创之作。篇末有一句"劝世人若不嫌无中生有",更是原创作品的明证。之所以不列入原创作品,乃是考虑到其中的人物和基本构思都脱胎于《封神演义》的缘故。

本文的语言水平和思想水平都很平庸,无非是劝告世人运气之重要,没有时运万事难成,劝告时运不济者不要灰心,等待时机。

第四章

取材于清代小说的子弟书

《说岳全传》（5篇）

《诏班师》，虬髯白眉子作，全本，第 2052 页

取材于清代小说《说岳全传》第五十九回"召回兵矫诏发金牌 详噩梦禅师赠偈语"。

写岳飞在战场上节节胜利，眼看可以收复失地了，不料朝中发下十二道金牌将其召回，战场上军民痛惜万分。子弟书的内容同原文一致，但语言更富于诗意，可见韵文文体的优势所在。

《全扫秦》，车王府本，第 1432 页

取材于清代小说《说岳全传》第七十回"灵隐寺进香疯僧游戏 众安桥行刺义士捐躯"和第七十一回"苗王洞岳霖入赘　东南山何立见佛"。

第四章
取材于清代小说的子弟书

写秦桧害死岳飞父子之后，花园闹鬼。秦桧不安，就到寺庙烧香祭奠。地藏菩萨化身疯僧怒骂秦桧，并警告他会碰上施全行刺。在回家的路上果然应验，秦桧非常害怕，就打发家人何立寻找东南名山。秦桧府中依然夜夜闹鬼，夫妻都被鬼魂追命而死。何立被地藏菩萨接引至阴间，看到秦桧遭到恶报，岳飞被封为神仙，方领悟善恶有报。子弟书的内容同原文基本一致，但篇幅大大扩充了。秦桧被鬼纠缠的情景写得极为详细，疯僧的状貌言行也写得纤毫毕现。子弟书大量增加细节，随同叙事过程抒情的特点在本篇里表现得很明显。

《天阁楼》，全本，第 2070 页

取材于清代小说《说岳全传》第六十九回"打擂台同祭岳王坟 愤冤情哭诉潮神庙"、第七十回"灵隐寺进香疯僧游戏 众安桥行刺义士捐躯"和第七十一回"苗王洞岳霖入赘 东南山何立见佛"。

写秦桧害死岳飞后，府堂都督李智、王能在钱塘江神庙怒骂神灵无应，潮神诉至冥王处，地藏菩萨解释自己即将捉拿秦桧，于是驱赶冤魂到秦府索命，自己化身疯僧到灵隐寺等候秦桧。秦桧家宅不安，就到寺庙烧香祭奠。地藏菩萨化身疯僧怒骂秦桧，并警告他会碰上施全行刺。在回家的路上果然应验，秦桧非常害怕，就打发家人何立寻找东南名山。秦桧府中依然夜夜闹鬼，夫妻都被鬼魂追命而死。何立被地藏菩萨接引至阴间，看到秦桧遭到恶报，岳飞被封为神仙，方领悟善恶有报。何立看破红尘，出家而去。

本篇子弟书从第五回"田忠谒见"开始，内容同《全扫秦》就完全一致了，语言极为相似。笔者怀疑这两篇子弟书原本是一篇，只不过在传唱过程中出现了删节和异文。

《胡迪骂阎》，珍本，第 317 页

中国艺术研究院戏曲研究所藏抄本，取材于清代小说《说岳全

传》第七十三回"胡梦蝶醉后吟诗游地狱　金兀术三曹对案再兴兵"。

胡迪因为岳飞遇难而大骂阎王,被阎王请进地府,看善恶报应事。子弟书的内容同原文基本一致。《子弟书珍本百种》认为本篇子弟书出自《喻世明言》第三十二卷《游酆都胡母迪吟诗》,误。胡母迪是元朝人,游地府主要是看到忠臣奸佞报应不爽。而子弟书里的主人公是宋朝人,叫胡迪,游地府多见其亲朋故旧。《喻世明言》成书于明朝,《说岳全传》成书于清朝,《说岳全传》在写作过程中曾经参考《喻世明言》是完全可能的。笔者综合参照主人公的时代、故事情节,采信于《说岳全传》。

《胡迪骂阎》,车王府本,第 128 页

取材于清代小说《说岳全传》第七十三回"胡梦蝶醉后吟诗游地狱　金兀术三曹对案再兴兵"。

同上一个胡迪骂阎的故事基本一致,但是只有半截,写到打阎王庙就停止了,不知后文如何。但是对阎王庙的描述,胡迪的愤怒和质问,写得极为生动。

《聊斋志异》(24 篇)

《侠女传》,煦园氏作,车王府本,第 81 页

取材于《聊斋志异·卷二·侠女》。

写崔生遇见邻家女子,为了报照料之恩为其生子,杀死仇人后不知所终之事。故事与原文相同,叙事技巧远不及原文。原文开始只写侠女的奇异之处,最后才点明报仇和报恩的原因,把侠女的形象刻画得凛然动人。但子弟书却在叙述过程中就点破,甚无滋味。但最后四句诗写得不错，堪为原文作注。"想侠女侍老母帏房何等顺，对崔郎花下恁般幽。从权处《内则》《女经》全搁起，又偏到龙潭虎穴去闲游。羡留仙何处编来《侠女传》，真果是掷地金声铁笔头。"侠女心怀报仇之志，何等壮烈；感书生之恩为其生子，不拘于婚姻贞节，又何其通达；报仇已了，弃子而去，何等洒脱。高风亮节，难能仿效，只能慨然赞叹而已。

《莲香》，煦园氏作，车王府本，第77页

取材于《聊斋志异·卷二·莲香》。

写桑生与狐仙莲香、女鬼李氏相爱的故事。故事与原文相同，只是艺术水平远不及原文，原文是一个曲折动人的爱情故事，而子弟书把大部分情节删剪掉，弄得味同嚼蜡。

《梦中梦》（又名《续黄粱》），珍本，第479页

取材于《聊斋志异·卷四·续黄粱》。

中国艺术研究院戏曲研究所藏光绪辛丑年刻本，写黄粱美梦事。残卷，只写到曾生被强盗杀死而止。基本故事同原文。基本上没有细节的增减。

《姊妹易嫁》，全本，第4012页

取材于《聊斋志异·卷四·姊妹易嫁》。

写张某欲以长女妻毛公，临嫁时，长女嫌毛公贫穷，大哭大闹拒不上轿。其妹愿代替姐姐嫁给毛公。后来毛公官至宰相，姐姐却嫁得败家子沦为尼姑。子弟书的内容和语言都同原文极为相似。

《绿衣女》，韩小窗作，车王府本，第386页

取材于《聊斋志异·卷五·绿衣女》。

写于生与绿蜂幻化的绿衣女相爱，拯救绿蜂后不再相见之事。原文简略但是富于意境。绿衣女的形象略做点染，婉妙纤弱之态就宛然目前。子弟书则把简略的部分都填补起来，包括两人初见的月夜，女子的装扮和姿态，两人的对话和神情，都写得非常详尽传神。绿衣女的形象由于有了这些细节，纤姿袅袅的神韵略带上了几分伶俐生动的世俗气，但整个人物形象的婉妙神韵和故事的怅然情调却保留得相当好。

《马介甫》，煦园氏作，车王府本，第 83 页

取材于《聊斋志异·卷六·马介甫》。

马介甫的妻子极为泼悍，以致逼死小叔，赶走公公。狐仙多次帮助马驯妻未果，只好替他抚养侄儿老父。后来马一家团圆，悍妻遭到恶报。故事与原文相同，只是艺术水平远不及原文，原文一波三折，情节曲折生动，刻画人物逼真传神；而子弟书把大部分情节删剪掉，弄得味同嚼蜡。

《大力将军》，煦园氏作，车王府本，第 73 页

取材于《聊斋志异·卷六·大力将军》。

写查生遇见一位大力士，资助他盘缠不求回报，最后大力士成为将军，找到查生，将家产分给他一半。故事同原文一致。原文写查生资助大力将军的过程非常简略，但是略有略的好处，正因为不强调对大力将军的恩德，才使得将军的报恩之举显得豪爽慷慨。原文文笔干净洗练，写查生资助时从容自如的情态，写将军报恩时胸襟磊落的气魄，堪与《史记》某些篇章媲美。子弟书改编的时候，把资助过程写得过分详细了，将军的相貌、苦处等事无巨细一一道来，显得有些小家子气。后来将军报恩，又没有像原文那样创造悬念，显得非常平淡。但是出这样的问题也是可以理解的，毕竟子弟书是说唱文学，必须交代细节，否则无法填满表演时间。像原文那种写法，也只适合案头欣赏。

《菱角》，煦园氏作，珍本，第 446 页

北京图书馆藏抄本，取材于《聊斋志异·卷六·菱角》。

写胡生爱上邻家女孩菱角，但因为战乱两人分离，最后在观音大士的帮助下一家团圆之事。故事同原文基本一致。子弟书把胡大成母亲盼望儿子回家又担忧他遭遇兵祸的心情写得十分传神。

《萧七》，珍本，第 450 页

北京图书馆藏抄本，取材于《聊斋志异·卷六·萧七》。

写徐生纳狐狸精萧七为妾，生活愉快，又爱上萧七的六姐，最后因为无缘而罢之事。故事同原文基本一致。感觉改编自《聊斋志异》的子弟书都不甚出彩，基本上只是把原文的故事重复了一遍而已。除了语言心理上略有增添以外，不同的也不过就是一个文言文，一个白话文罢了。

《秋容》，煦园氏作，车王府本，第 85 页

取材于《聊斋志异·卷六·小谢》。

写陶生认识女鬼秋容小谢，在吃官司时得到二人大力协助，成为生死之交，最后想办法使二人还阳，三人做恩爱夫妻之事。故事同原文基本一致，情节大大简化了，但是秋容和小谢的外貌、捉弄陶生的情态写得栩栩如生。凡是《聊斋志异》的故事，情节全都被简化，可见子弟书毕竟还是不适合讲故事，诗的体裁可能不适合叙述曲折的情节，只适合像画面一样展示种种人物情态。

《绩女》，珍本，第 454 页

北京图书馆藏抄本，取材于《聊斋志异·卷七·绩女》。

写一位老妇遇见仙女来做伴，但最后走漏风声仙女离开之事。故事同原文基本一致，只是对绩女的容貌语言增加了一些细节描写，对费生题壁时的心态也点染得恰到好处。

《姚阿绣》，车王府本，第 641 页

取材于《聊斋志异·卷七·阿绣》。

写刘生爱上卖杂货的阿绣，但是阿绣回乡，刘生相思无奈，在酷似阿绣的狐仙的帮助下终于喜结良缘的故事。基本上就是用流畅的白话把原文翻译了一遍。

《嫦娥传》，煦园氏作，车王府本，第 87 页

取材于《聊斋志异·卷八·嫦娥》。

写宗子美在狐狸精的帮助下娶嫦娥为妻，婚后的曲折经历和幸福生活。故事同原文基本一致，但是情节混乱遗失的问题甚多。虽然子弟书的语言叙述比较优美，但是毕竟不及原文。

《凤仙传》，煦园氏作，车王府本，第 89 页

取材于《聊斋志异·卷八·凤仙》。

写刘郎娶狐狸精凤仙，在赴狐狸家宴时因为贫穷遭到冷遇，凤仙怒而激励丈夫读书中举之事。故事同原文基本一致，只是刘郎中举之后就不再讲述了，比较可惜，因为原文后半截姊妹戏谑、智擒大盗都非常生动有趣。本篇是所有《聊斋志异》故事里改编得比较精彩的，不但情节基本保留了下来，语言心情渲染得也恰到好处。其他作品不

过是把散文变成韵文而已。但是不得不承认,《聊斋志异》文笔优美,能够大致保留其优美的原貌也算是个中高手了。

《凤仙》,煦园氏作,车王府本,第646页

取材于《聊斋志异·卷八·凤仙》。

写刘郎娶狐狸精凤仙,在赴狐狸家宴时因为贫穷遭到冷遇,凤仙怒而激励丈夫读书中举之事。故事同原文基本一致,只是刘郎中举之后就不再讲述了。同《凤仙传》相比,增加了许多细节,比如凤仙对姐姐的报复,刘生同凤仙的再会,镜中凤仙激励丈夫读书的过程。语言和艺术风格同原文。

《钟生》,文西园作,车王府本,第36页

取材于《聊斋志异·卷八·钟生》。

写孝子钟生被道士点化,母亲寿命延长,娶来继室又救助自己脱险的故事。故事本身没多少意思,语言也比较平淡。

《疑媒》,竹窗氏作,珍本,第458页

清光绪十年木刻本,取材于《聊斋志异·卷十·胭脂》。

写美女胭脂爱上书生鄂秋隼,宿介冒鄂之名调戏胭脂被拒,无赖毛大又冒鄂之名杀死胭脂父亲,胭脂告上法庭,最后真相大白。残卷,只写到胭脂相思成病。同原文有一定区别,不仅对胭脂和鄂秋隼的外貌描写非常详细,王氏对胭脂婚事的展望也写得非常铺张,一来显示作者的文笔,二来也写出了王氏的口才。王氏是四处聊天的女人,口才自然极好,这里有这样的描述,也是合情合理的。胭脂的相思和猜疑,被王氏猜中心思时的情态,写得极为传神。

《胭脂传》，渔村作，车王府本，第465页

取材于《聊斋志异·卷十·胭脂》。

写美女胭脂爱上书生鄂秋隼，宿介冒鄂之名调戏胭脂被拒，无赖毛大又冒鄂之名杀死胭脂父亲，胭脂告上法庭，最后真相大白。本篇虽然故事完整，但显然作者把重点放在了胭脂的相思成病上，整整用了一回半的篇幅，后面一回半的笔墨是因为故事情节复杂，不得不交代，看得出作者的重点不在此。完整归完整，文笔和对人物心理揣摩的细致程度都不及《疑媒》。

《瑞云》，珍本，第440页

李啸仓先生藏抄本，取材于《聊斋志异·卷十·瑞云》。

写名妓瑞云与贺生相爱，但贺生无力为其赎身。仙人使瑞云生黑斑变丑，贺生真情不渝共结秦晋，最后黑斑消失夫妻团圆之事。本书疑是断篇。故事到贺生因为贫穷无力赎瑞云而止。原文故事的转折高潮完全没有开始。但现存半章对瑞云和贺生的心理描写比较成功，和老鸨的对话也很生动。

《葛巾传》，煦园氏作，车王府本，第75页

取材于《聊斋志异·卷十·葛巾》。

写常生与牡丹花仙葛巾相爱，最后识破葛巾身份，仙人离开的故事。基本故事同原文。原文情节详细曲折，而子弟书省略了很多精彩细节，不知何故。但常生偷看二佳人下棋的细节增加得很好，优美雅致。"他二人对坐敲棋消永昼，手谈不住笑声频。这一个纤手推枰闲布阵，那一个春葱拈子静芳心。"

第四章
取材于清代小说的子弟书

《颜如玉》，煦园氏作，车王府本，第71页

取材于《聊斋志异·卷十一·颜如玉》。

写郎生因为酷爱读书同书仙颜如玉相爱，最后被贪官烧书两人分离的故事。子弟书删减了原文的很多细节，只把目光盯在颜如玉身上，颜如玉出场前郎生无意间发现的千钟粟、黄金屋的细节一字不提，其实很可惜，因为这些细节都是铺垫，一方面使得颜如玉的出场顺理成章，另一方面也解释了郎生的痴心。就是写颜如玉，也丢弃了很多必要情节，比如颜如玉是如何费力使郎生不读书的，这个过程很重要，也很有生活情趣，删掉实在可惜。本篇子弟书改得不及原文。

《陈云栖》，煦园氏作，车王府本，第79页

取材于《聊斋志异·卷十一·陈云栖》。

写书生同女道士陈云栖相爱，但是两人分离，经历了许多波折才结成夫妇，最后还娶到陈云栖的师姐盛云眠的故事。情节被删减得不成模样。原文是一个充满巧遇和错过的曲折故事，就在人生的聚散离合中才看出爱情的珍贵。但是子弟书把那些曲折的情节删减一空，变成了一个毫无特色的平庸俗套，真是大煞风景。

《洞庭湖》，全本，第4112页

取材于《聊斋志异·卷十一·织成》。

写柳生落第之后，在洞庭湖上泛舟。舟入洞庭君府第。柳生以才华折服洞庭君，并得到侍女织成为妻。语言和内容都同原文很接近。

《谜目奇观》，收录于《俗文学丛刊》[①] **第 399 卷，第 421 页**

将《聊斋志异》中收录的小说篇目名字连缀成文。虽然谈不上什么情节故事可言，但文字连缀得非常流畅，便于记忆。

《红楼梦》（共 30 篇）

《会玉摔玉》，韩小窗作，车王府本，第 439 页

取材于《红楼梦》第三回"贾雨村夤缘复旧职　林黛玉抛父进京都"。

写林黛玉进荣国府之事，基本与原文一致。只是解释黛玉为何无玉的人从贾母变成了王熙凤。原文各人的外貌描写都非常精彩，但子弟书里除了王熙凤之外其他人的外貌描写都省略了，凤姐儿的外貌写得也极为平庸，远不及原文。

《一入荣国府》，韩小窗作，车王府本，第 745 页

取材于《红楼梦》第六回"贾宝玉初试云雨情　刘姥姥一进荣国府"。

写刘姥姥向凤姐儿求资助之事，基本同原文一致。但是对凤姐儿的穿着打扮、理家吃饭、教训丫鬟的细节写得更细。贾蓉的外貌穿着也被大书特书。原文写王熙凤的举动，寥寥数笔，神韵全出，有含蓄蕴藉之美，而子弟书则是不厌其烦，细细道来，也别有一番情趣。可以理解，原文是小说，写得含蓄可以让读者细细咀嚼，有回味悠长之

---

① 中国台湾"中研院"历史语言研究所俗文学丛刊编辑小组整理，新文丰出版股份有限公司 2004 年版。

感；而子弟书是说唱文学，必须写得热闹，容不得太含蓄，否则影响舞台效果。但子弟书的一个改编值得注意：原文凤姐儿见贾蓉，只说："那凤姐只管慢慢地吃茶，出了半日的神，又笑道：'罢了，你且去罢。晚饭后你来再说罢。这会子有人，我也没精神了。'"而子弟书里凤姐儿对贾蓉有超乎婶侄关系的关心。

《玉香花语》，叙庵氏作，车王府本，第 845 页

取材于《红楼梦》第十九回"情切切良宵花解语　意绵绵静日玉生香"。

从袭人回家过年写到宝玉去袭人家玩。基本情节同原文一致，只是在袭人家里那几个女孩子的形容举止细节添加得很生动。从中可以看出，子弟书作者在改编原著的时候，时时处处都会有意无意地增加生活细节的描写。而这些生活细节，一方面可以更生动地阐发原著的精神，另一方面也是研究清代中后期北京市民生活细节的重要史料。

《埋红》，煦园氏作，车王府本，第 447 页

取材于《红楼梦》第二十三回"西厢记妙词通戏语　牡丹亭艳曲警芳心"。

写黛玉葬花和与贾宝玉共读《西厢记》之事。基本与原文一致，但结尾处写黛玉回房之后的哀愁很有诗意。从篇尾"叹颦卿无边芳意深如海，笔尖儿难画佳人万种愁"可以看出，作者是被原文的诗情画意和黛玉的优美情怀所感动，因此想要再造这种感觉。

《二玉论心》，韩小窗作，车王府本，第 343 页

取材于《红楼梦》第二十九回"享福人福深还祷福　痴情女情重愈斟情"。

写宝玉、黛玉为了金玉良缘、金麒麟的事情吵架。前一回主要是介绍大观园里各姐妹，以及二玉的感情，后一回主要写两人吵架的过程。本篇子弟书比原文的心理剖析更细致深入。其语言回环往复，谈情论理之犀利深入，实在是说唱文学中不可多得的佳作。

《二玉论心》（乙）（全二回），全本，第3796页

取材于《红楼梦》第二十九回"享福人福深还祷福　痴情女情重愈斟情"。

写宝玉黛玉为了金玉良缘、金麒麟的事情吵架。本篇子弟书的情节同小说更为接近，从清虚观打醮时张道士给宝玉提亲，写到二人吵架，以袭人、紫鹃劝架作结。语言更加细致精美。

《伤春葬花》，车王府本，第904页

取材于《红楼梦》第二十六回"蜂腰桥设言传心事　潇湘馆春困发幽情"、第二十七回"滴翠亭杨妃戏彩蝶　埋香冢飞燕泣残红"、第二十八回"蒋玉菡情赠茜香罗　薛宝钗羞笼红麝串"、第二十九回"享福人福深还祷福　痴情女情重愈斟情"和第三十回"宝钗借扇机带双敲　龄官划蔷痴及局外"。

写黛玉扑蝶、葬花、和宝玉发生口角，又重归于好的事。同原文有出入。将原文五回情节里有关宝玉、黛玉的部分全部抽出，重新在顺序和程度上加以调整，凑成一个完整的故事。估计作者极喜爱宝钗扑蝶这一段，此处不惜将主人公换成黛玉。子弟书对春日大观园的风景、黛玉葬花的心情、二人口角时的神态心思，写得极为细腻丰满。

《椿龄画蔷》，车王府本，第7页

取材于《红楼梦》第三十回"宝钗借扇机带双敲　龄官划蔷痴及局外"。

第四章
取材于清代小说的子弟书

写贾宝玉看到龄官儿在地上写一个个的蔷字，下雨后提醒龄官儿自己却被淋湿的事。基本同原文相关段落一致，但是有几处铺叙——遇龄官之前的景物描写，宝玉对龄官心情的揣摩，龄官淋雨的样子——比原文更加生动细腻。《红楼梦》里这一段本身就很美很纯真，完全可以作为一个单独的故事来讲述。子弟书作者发挥自己的才能，将这个故事讲述得更加优美动人。

《晴雯撕扇》，煦园氏作，车王府本，第3页

取材于《红楼梦》第三十一回"撕扇子作千金一笑　因麒麟伏白首双星"。

写晴雯和宝玉吵架之后，宝玉为了哄晴雯开心，让她撕扇取乐的全过程，内容同原文基本相同。从"可羡那奢华公子甚多情"一句可以看出，子弟书作者非常羡慕贾府的奢华。《红楼梦》原文重点是写宝玉的多情和青春的无忧无虑的快乐，典型的大家公子怀念昔日时光的心情。而子弟书作者则站在一个穷人的角度仰望富贵公子的豪奢生活。虽咏一事，明显心态不同。

《宝钗代绣》，韩小窗作，车王府本，第13页

取材于《红楼梦》第三十六回"绣鸳鸯梦兆绛芸轩　识分定情悟梨香院"。

写宝钗去看贾宝玉，碰上宝玉午睡。宝钗就在旁边绣宝玉的肚兜。原文宝钗的形象比较天真，单纯是喜爱刺绣。性爱的意味是从黛玉眼里看出来的。而子弟书里的宝钗形象则有了些丫头气，有笼络宝玉之嫌，自己就知道该避忌。"脖项儿压麻轻轻儿垫起，斗篷儿拉下款款地拉披。"很明显，子弟书作者并不能理解和原谅宝钗的忘情，在那时作者的眼里，宝钗的行为是严重的失态。

《海棠结社》，车王府本，第 436 页

取材于《红楼梦》第三十七回"秋爽斋偶结海棠社　蘅芜苑夜拟菊花题"。

写大观园结诗社、咏白海棠之事，基本与原文一致，只不过将原文的叙事散文改成了叙事韵文。但叙事诗也有其好处，就是将诗社活动用诗情画意的笔法写出来，吟诗的行为本身也是一首优美的诗。

《湘云醉酒》，车王府本，第 5 页

取材于《红楼梦》第三十八回"林潇湘魁夺菊花诗　薛蘅芜讽和螃蟹咏"、第四十九回"琉璃世界白雪红梅　脂粉香娃割腥啖膻"和第六十二回"憨湘云醉眠芍药裀　呆香菱情解石榴裙"。

重点写湘云吃鹿肉、醉酒。但将醉酒的缘由从宝玉生日变成了持蟹雅集。重点写湘云吃鹿肉的言语和醉酒的妩媚，其他人只是作为对比而存在，最后作者将她与钗黛对比，赞美她的洒脱，感叹她的薄命。史湘云在原文里是断续出现的，而子弟书将这些断点连缀成文，为史湘云作传，集中表现湘云豪爽洒脱的美。

《二入荣国府》，韩小窗作，车王府本，第 1169 页

取材于《红楼梦》第三十九回"村姥姥是信口开河　情哥哥偏寻根究底"。

写刘姥姥二入荣国府，刚进门拜见贾母之事。基本情节同原文一致，但是原文只有一回，子弟书却增加了大量的有趣细节，敷衍至十二回。比如见贾母前的诚惶诚恐，见了贾母聊天时闹笑话，见姑娘们时的心情，刘姥姥眼中贾府的摆设，贾宝玉的心理活动，语言极其生动鲜活。

第四章 取材于清代小说的子弟书

《信口开河》，全本，第 3844 页

取材于《红楼梦》第三十九回"村姥姥是信口开河 情哥哥偏寻根究底"。

写刘姥姥见了贾母说起农家生活，顺便编造一个得道的小姐抽柴火的故事，引起了宝玉的注意。本篇子弟书的语言俚俗幽默。

《议宴陈园》，符斋作，车王府本，第 443 页

取材于《红楼梦》第四十回"史太君两宴大观园 金鸳鸯三宣牙牌令"。

写刘姥姥二入荣国府，从准备宴席到进潇湘馆，与原文基本一致。语言轻松诙谐，在交代贾母和刘姥姥四处散步的过程中很自然地写出了贾府精美的日用物品，从中可以看出子弟书作者寓艺术于生活的匠心。

《两宴大观园》，车王府本，第 11 页

取材于《红楼梦》第四十回"史太君两宴大观园 金鸳鸯三宣牙牌令"。

写刘姥姥二进大观园赴宴事。基本同原文一致，但刘姥姥的语言更俏皮，如，"我保管一闻就会比灵狗儿还灵"，动作姿势也写得更详尽，比原文更富于喜剧色彩。

《三宣牙牌令》，车王府本，第 65 页

取材于《红楼梦》第四十回"史太君两宴大观园 金鸳鸯三宣牙牌令"。

写刘姥姥行酒令之事，与原文差别较大。贾母的形象世俗了不少，竟说"可别像爷们饮酒粗糙得很，左不过嚷断了脖筋把嗓子划"。座次不一致，原文餐具的精美一字不提，其他人的雅致酒令一笔带过，重点就是写刘姥姥的狼狈滑稽。同原文相比，顿有雅俗之别。

《品茶栊翠庵》，车王府本，第63页

取材于《红楼梦》第四十一回"栊翠庵茶品梅花雪　怡红院劫遇母蝗虫"。

写贾母带刘姥姥品茶栊翠庵之事。妙玉厌恶刘姥姥的心态有描述，细节上有差异。"一旁里宝玉忽然抿着嘴笑，说老太太她的清茶非容易餐"，原文并无。宝玉批评绿玉斗，妙玉的回答没了原文的孤高，"妙玉说你家自然少不了翡翠，不能像我这杯儿颜色可观"，倒是有了不少市民的俗气。这也可以看出子弟书作者对原文的理解有误差。原文里，妙玉道："这是俗器？不是我说狂话，只怕你家里未必找得出这么一个俗器来呢！"以妙玉的性格，当是说玉斗的格调高雅，绝非品评古玩价格成色之意。子弟书里宝玉竟说："虽然绿了个十分透，也不过做阔兴时值点子钱。"不用说，原文里的宝玉绝不会这样恶俗地唐突佳人，就算真说了，妙玉也必定把他赶出去。可子弟书里妙玉竟回答"你今竟自通得很，说来有味是入耳之言"，匪夷所思。

《醉卧怡红院》，车王府本，第15页

取材于《红楼梦》第四十一回"栊翠庵茶品梅花雪　怡红院劫遇母蝗虫"。

写刘姥姥醉卧怡红院之事。基本同原文一致，但将刘姥姥的语言、动作、姿势写得更详尽，尤其是重点描写解手过程，可看出作者的调笑戏谑之态。

《过继巧姐儿》，车王府本，第 67 页

取材于《红楼梦》第四十二回"蘅芜君兰言解疑癖　潇湘子雅谑补余香"。

写刘姥姥给巧姐儿起名之事。语言上更俏皮，内容上有个区别：原文并未说过继，只说起个名字；但子弟书里刘姥姥和凤姐儿的语言都十分生动本色。

《凤姐儿送行》，车王府本，第 69 页

取材于《红楼梦》第四十二回"蘅芜君兰言解疑癖　潇湘子雅谑补余香"。

写送刘姥姥回家的场景。将平儿和鸳鸯给刘姥姥东西的场景放在一起写，省去了贾母看病、鸳鸯和姥姥逗笑、宝玉送茶杯的情节，可以理解，为的是行文紧凑。其中原文只有："鸳鸯道：'前儿我叫你洗澡，换的衣裳是我的，你不弃嫌，我还有几件，也送你罢。'刘姥姥又忙道谢。鸳鸯果然又拿出两件来与她包好。"而子弟书中对这一个情节描述得很详细生动，富于生活气息，置于原文之中都几乎不能辨别。

《芙蓉诔》，韩小窗作，珍本，第 419 页

取材于《红楼梦》第五十二回"俏平儿情掩虾须镯　勇晴雯病补雀金裘"、第七十四回"惑奸谗抄检大观园　矢孤介杜绝宁国府"、第七十七回"俏丫鬟抱屈夭风流　美优伶斩情归水月"和第七十八回"老学士闲征姽婳词　痴公子杜撰芙蓉诔"。

写晴雯病中为宝玉修补雀金裘，身体就一直没有恢复。王夫人听信下人的谗言，将其赶出大观园。宝玉去探望临终的晴雯，并在晴

雯死后作《芙蓉诔》纪念她。子弟书基本情节同原文一致，大量增加人物语言和心理描写，以及景色渲染，文笔华丽，极尽委婉铺叙之能事，不由人不佩服作者大手笔。但是作者有时候对人物的心理揣摩不够恰当，如晴雯夜晚补裘时的心理活动，不符合晴雯这个人物的性格。她对宝玉的担忧，对姊妹们不做针线的焦虑，对妙玉的品评，完全是袭人的心态。晴雯毕竟还是天真的，想不到那些层面。

《遣晴雯》，芸窗作，车王府本，第332页

取材于《红楼梦》第七十四回"惑奸谗抄检大观园　矢孤介杜绝宁国府"。

写大观园的丫头傻大姐拾到一个绣着春宫的香袋，王夫人认为大观园中有奸情，开始大肆搜查。此时，佣人王善保家的趁机谗害晴雯。王夫人将其招来，痛骂一顿。子弟书内容基本同原文一致，只是多了王善保家的心理活动，以及晴雯的外貌描写。王善保家的谗害晴雯时的语言极为本色，置于原文中几乎都不能辨别。子弟书和《红楼梦》不愧是同时代的产物，在语言、人物形象、生活细节等能表现时代特色的问题上绝无二致。

《晴雯赍恨》，车王府本，第1页

取材于《红楼梦》第七十七回"俏丫鬟抱屈夭风流　美优伶斩情归水月"。

略去遣晴雯过程，重点写宝玉见晴雯，为晴雯作《芙蓉诔》。着力描述晴雯住处之破败，晴雯话语之怨悔，前后生活之对比。最精彩的部分是晴雯怀念昔日生活细节的文字，语言精美，意境宛然。

第四章
取材于清代小说的子弟书

《探雯换袄》，云田氏作，车王府本，第 336 页

取材于《红楼梦》第七十七回"俏丫鬟抱屈夭风流　美优伶斩情归水月"。

略去谴晴雯过程，重点写宝玉见晴雯，至多姑娘回来而止。着力描述晴雯住处之破败，晴雯的病容，及其内心的哀怨。与《晴雯赍恨》不同的是，此篇子弟书里的晴雯想的问题都比较实际，比如自己一定是被人陷害，再回到大观园是如何不可能，死后烧尸骨，原文里本是王夫人的主意，这里变成了晴雯的打算。《晴雯赍恨》里主要是晴雯对从前诗意生活的回忆和对死后凄凉风景的想象。

《双玉听琴》，韩小窗作，车王府本，第 340 页

取材于《红楼梦》第八十七回"感深秋抚琴悲往事　坐禅寂走火入邪魔"。

写宝玉和妙玉听黛玉抚琴之事。内容基本与原文相同，但是比原文更有诗情画意。深秋的风景，惜春与妙玉下棋的样子，对琴声的描绘，文笔优雅绝妙。其侧重点有所不同：原文要表现妙玉对音乐的见解，黛玉琴声的悲戚，而子弟书里仅仅要描写一幅诗意的画面。

《全悲秋》，韩小窗作，车王府本，第 912 页

取材于《红楼梦》第八十九回"人亡物在公子填词　蛇影杯弓颦卿绝粒"。

写黛玉错听宝玉提亲后下定决心要一死了之之事。

原文为："那黛玉对着镜子，只管呆呆地自看。看了一回，那泪珠儿断断连连，早已湿透了罗帕。""原来黛玉立定主意，自此以后，有意糟蹋身子，茶饭无心，每日渐减下来。宝玉下学时，也常抽空问候,只是黛玉虽有万千言语,自知年纪已大,又不便似小时可以柔情挑逗,所以满腔心事,只是说不出来。宝玉欲将实言安慰,又恐黛玉生嗔,反添病症。两个人见了面,只得用浮言劝慰,真真是亲极反疏了。"

子弟书作者结合《红楼梦》背景,针对秋天萧瑟景象的想象以及林黛玉的性格,将原文简略的几句话敷衍成一首悲秋咏叹调。

全文对黛玉的身世性格有简略的介绍,景色描写极为优美,对黛玉性情的把握也极为到位。

《露泪缘》,韩小窗作,车王府本,第1531页

取材于《红楼梦》第九十六回"瞒消息凤姐设奇谋 泄机关颦儿迷本性"、第九十七回"林黛玉焚稿断痴情 薛宝钗出闺成大礼"、第九十八回"苦绛珠魂归离恨天 病神瑛泪洒相思地"和第一一三回"忏宿冤凤姐托村妪 释旧憾情婢感痴郎"。

写贾宝玉失去通灵玉后,疯疯傻傻。贾母和凤姐儿决定给他成亲。凤姐儿定下调包计,告诉宝玉要娶黛玉,但实际上却用宝钗顶替。成亲当夜,黛玉去世。几天后宝玉才知道,到黛玉灵堂哭灵,问紫鹃黛玉为何恨自己。子弟书基本情节同原文一致,但人物的心理活动增加得极好,尤其是宝玉盼望娶黛玉和哭灵两段,精彩纷呈,大大发挥了子弟书说唱文学可以尽情渲染文字的优势。

《石头记》,车王府本,第752页

取材于《红楼梦》第八十四回"试文字宝玉始提亲 探惊风贾环重结怨"到第九十七回"林黛玉焚稿断痴情 薛宝钗出闺成大礼"。

只从宝玉宝钗亲事定下,写到二玉倾诉衷肠,最后写黛玉病死。但是内容差距极大,不但众多重要情节遗漏,比如宝玉失玉、黛玉闻

信；而且亲事如何定下也同原文有巨大差别，原文是贾母的主意，而子弟书里却是元妃授意，贾母欣然从命。黛玉临终的一段心理特写非常精彩，临终的种种遗物去留也写得很详细。但是子弟书中的黛玉未免将很多事情想得太详细、太实际，实际得都像宝钗了，反倒不及原文里的林黛玉那样痴情。

《思玉戏鬟》，车王府本，第9页

取材于《红楼梦》第一〇九回"候芳魂五儿承错爱 还孽债迎女返真元"。

写宝玉和宝钗成亲后，一天夜里和五儿说话，思念晴雯。子弟书的重点是描绘五儿的外表，但与原文有两个重大差别：原文里宝玉并无调戏五儿之意，只是因为五儿想到了晴雯（"那知宝玉要睡越睡不着，见他两个人在那里打铺，忽然想起那年袭人不在家时晴雯麝月两个人服侍，夜间麝月出去，晴雯要唬他，因为没穿衣服着了凉，后来还是从这个病上死的。想到这里，一心移到晴雯身上去了。忽又想起凤姐说五儿给晴雯脱了个影儿，因又将想晴雯的心肠移到五儿身上。自己假装睡着，偷偷地看那五儿，越瞧越像晴雯，不觉呆性复发"），对五儿说的话虽看似调戏，却是沉痛的怀念。而子弟书里宝玉对晴雯没有太多回忆，单纯是迷恋五儿的美貌，"痴公子把五儿当作晴雯样的侍婢，他把那素手轻携笑眼儿绵缠"一句，透露出子弟书作者同曹雪芹的心态差异。曹雪芹写宝玉和晴雯的缠绵（第五十一回"薛小妹新编怀古诗 胡庸医乱用虎狼药"），并无性爱意味，只是写少年男女天真无邪的友谊。但是子弟书作者则将此看成调情勾引。原文五儿的拒绝只是因为羞涩和对王夫人的恐惧，对宝钗、袭人的尊敬（"那五儿自从芳官去后，也无心进来了。后来听见凤姐叫他进来服侍宝玉，竟比宝玉盼他进来的心还急。不想进来以后，见宝钗袭人一般尊贵稳重，看着心里实在敬慕；又见宝玉疯疯傻傻，不似先前风致；又听见王夫人为女孩子们和宝玉玩笑都撵了，所以把这件事搁在心上，倒无一毫的儿女私情了")，五儿只是个伶俐的小丫鬟而已。而子弟书里五儿却说出了"不过是浮来暂去的在此应役，哪有个千里长篷不散的席筵"的话，五儿的形象一下子变得深沉了很多，参透了人生的无常。这也是作者对《红楼梦》的领悟。

《宝钗产玉》，车王府本，第 329 页

取材于娜嬛山樵的《补红楼梦》第七回"两好同床岫烟教夫　四喜临门宝钗生子"。

写宝钗临盆，刘姥姥来接生，宝钗生下一个男孩儿。本篇子弟书的生活情节之详细，人物话语之鲜活，不亚于其他改写《红楼梦》的子弟书。

《淤泥河》，车王府本，第 953 页

取材于清代小说《说唐后传》。

写李世民征高丽时不敌葛苏文，战马陷入淤泥河中，受葛苏文胁迫，犹豫要不要投降的过程。这是一篇快书，第一回注明是清音板。全书一共六回，前三回注明是"回"，后三回注明是"落"。第三回、第五落、第六落有白有唱，其他几回只是一段文辞而已。这种回目的不统一很明显是子弟书和快书之间的过渡性文体。

《薛礼救驾》（快书），全本，第 1054 页

取材于清代小说《说唐后传》。

写李世民征高丽时不敌葛苏文，战马陷入淤泥河中，受葛苏文胁迫，薛仁贵飞马赶来救驾。从情节、语言和结构上看，本文就是《淤泥河》的后半截，语言风格也极其相似。

第四章
取材于清代小说的子弟书

《林和靖》,芸窗作,车王府本,第 150 页

取材于清代古吴墨浪子所辑小说《西湖佳话古今遗迹》之《孤山隐迹》。

原文是替高士林逋作传,写他一生隐居小孤山,不求仕进,以梅为妻、以鹤为子的故事。原文是从林逋一生的洒脱举动来写他的高洁性格和诗意人生的,而子弟书发挥了诗歌的优势,只截取他人生中一个赏雪观梅邂逅梅仙的片段来表现高士的隐逸之美。子弟书文笔清妙,意境高远,承袭了原文的意蕴又在语言上加以锤炼,完全可以视为一幅幽远的写意画。

《风月魁》,车王府本,第 598 页

取材于清代古吴墨浪子所辑小说《西湖佳话古今遗迹》之《西泠韵迹》。

写名妓苏小小短暂的一生。子弟书截取了前半段,从苏小小立志不为人做婢妾,想要自由自在享受青春,写到遇到名门公子阮玉与之相爱为止。情节同原文完全一致,语言也多有借鉴。子弟书塑造豆蔻年华的苏小小形象时,有意将她放在花娇柳嫩的初春季节去写,可谓相得益彰。全文风格轻柔俏丽,娇嫩活泼。

《梅屿恨》,芸窗作,车王府本,第 698 页

取材于清代古吴墨浪子所辑小说《西湖佳话古今遗迹》之《梅屿恨迹》。

原文为冯小青作传,写她自幼敏悟,15 岁才貌双全,嫁给扬州冯生为妾。不料正妻悍妒,不容二人接近,小青忧郁而死。子弟书重点写小青的孤独忧伤,其他情节只是一笔带过。小青死后又增加了一段芳魂回归托梦冯生的情节，比原文更加哀婉动人。子弟书发挥诗歌优势，将小青的孤独忧伤融入一片春暮景色，写成一首清丽哀婉的伤春诗。

《灯草和尚》，车王府本，第 808 页

取材于清代无名氏色情小说《灯草和尚》。

原文的情节相当荒诞，写一对杨家夫妇有一个女儿长姑，杨妇人耽于淫欲，在丈夫出门周游期间请一个婆子演戏法，婆子送给她一个灯草做的三寸和尚，可大可小，与夫人、丫头交欢。杨官人回来后扯碎和尚，婆子却带了一群女儿来拜访。后来长姑嫁给李可白，新婚之夜婆子的女儿变成长姑的样子同李可白交欢，和李可白长期勾搭，甚至还和杨官人有私情。灯草和尚死而复生，又同长姑交欢。后来长姑和杨官人去世，杨夫人又和来办丧事的道士勾搭，最后在灯草和尚的指点下改嫁道士。子弟书的情节比较有序，杨夫人耽于淫欲，在丈夫出门周游期间解衣自观，灯花突爆，出来灯花婆婆赠送灯草和尚。夫人同和尚淫欲无度，身体虚弱，向灯花痛悔自己的放浪行径。灯花婆婆再次出现，烧掉灯草和尚，杨官人夫妇终得好报，招女婿养老送终。本文写色情场面文笔极为细腻真实，而且使用了双重视角记录两次性交过程，一次是夫人的视角，另一次是丫鬟的偷窥视角。

《马上联姻》，车王府本，第 1257 页

取材于清代褚人获《隋唐演义》第四十九回"舟中歌词句敌国暂许君臣　马上缔姻缘吴越反成秦晋"和第五十九回"狠英雄犴牢聚首奇女子凤阁沾恩"。

写隋末天下大乱，豪杰窦建德之女窦线娘与小将罗成在战场上相逢相爱。后来，窦建德反了李渊，被打入死牢。窦线娘赴长安请求替

父一死，李世民深为感动，赦免窦建德之罪。李世民之母窦夫人认线娘为侄女，做主将其许配给罗成。窦建德削发为僧，遁入空门。子弟书内容同原文基本一致，但有一点是作者自己加的：窦建德被打入死牢之后，窦线娘女扮男装赶往长安，恰好罗成也奔赴长安请求李世民做媒赐婚。二人在路上相逢相认，共赴长安。而且子弟书里窦夫人和窦线娘本身就是亲姑侄。小说的叙事线索非常零散，窦线娘的故事是夹杂在其他故事中断断续续地叙述的。子弟书将主线索提取出来集中叙述，在情节和人物塑造上添枝加叶，处理得更为详细。而且子弟书的语言极为俏皮生动，二人在战场上的心情，在去长安途中的对话，窦夫人与线娘的交谈，都采用了北京市民活泼的口语，既雅致，又新鲜，改编后的艺术效果大大胜过原文。

《闹昆阳》（快书），全本，第 320 页

取材于清代小说《东汉演义》。

写刘秀与王莽两军对阵，智君章大战巨无霸的故事。本篇子弟书对两位大将的服饰、动作、法术描写极为细致，仿佛电影镜头一样。快书在表演过程中，很多时候要求连珠炮一样一口气唱出一大段词。这就要求文本语言有丰富的词汇量。快书作者为了凑足字数，往往就在细节描述方面下功夫，因此精彩的快书往往都有很强的画面感和镜头感。

《荷花记》，渔阳居士作，车王府本，第 1231 页

故事来源不详，很可能出自明清的才子佳人小说。

写书生吴伯前与佳人郑芙蓉相爱。丑男周进也爱上郑芙蓉，就让媒婆说亲。媒婆被郑家老仆赶出来，怀恨在心，烧掉郑家房子。郑家母女无奈，进京投奔郑老爷，路上险些被周进陷害。吴伯前进京赶

考，中了状元。郑芙蓉的舅舅做媒，二人喜结良缘。周进无意中娶了郑芙蓉的异母姐姐，洞房里二丑相逢，各得其所。情节虽然曲折，但是变化都合情合理，过渡极为自然。本篇子弟书的语言虽然平庸，但在叙事方面可谓无懈可击。

《梅花坞》，车王府本，第1188页

故事来源不详，很可能出自明清的才子佳人小说。

写书生和春爱上佳人秋娘，故意在寺庙中等候秋娘母女上香。秋娘的母亲赏识和春的外表和才华，邀请他一同回府，读书应试。后来二人喜结良缘。本篇子弟书的叙事头绪比《荷花记》简单，语言更加俏皮流利。尤其是写小丫头玉儿的时候，语言行动都写得千伶百俐，栩栩如生。

《幻中缘》，珍本，第462页

北京图书馆藏抄本。故事来源不详，很可能出自明清的才子佳人小说。

故事不全，只有前半截，写书生化德在冷家花园里赏雪时爱上佳人冷艳。前半截的情节同《梅花坞》如出一辙，都是花园看景，丫鬟撮合，二人瞒着父母相爱。才子佳人小说本身就没有新意，情节往往落入窠臼。据此改编的子弟书在情节上也不能免俗。但本篇的语言还算优美流畅。

《离情》，珍本，第470页

李啸仓藏清光绪二十九年辽阳三文堂本。故事来源不详，很可能出自明清的才子佳人小说。

写佳人夜晚到才子书房讨论学问，二人来往密切。过了一段时

间后被佳人的父母发现，二人无奈分离。本篇子弟书无论在情节上还是在语言上都比较拙劣。尤其是拿出大段文字，借二人之口来解释《诗经》《尚书》的文句注疏，实在可笑。或许作者要借一个故事来露才扬己。

第五章

取材于清代戏曲、弹词的子弟书

《铁冠图》5篇

《宁武关》,车王府本,第929页;全本作《宁武关》(甲),第2973页

取材于清传奇《铁冠图·别母》和《铁冠图·乱箭》。

写明末将军周遇吉把守代州,不敌李自成,回家同母亲告别。其母逼其出战,其妻自刎,其子撞死,老母和老家将自焚。周遇吉舍命出征,最终寡不敌众,自刎沙场。原文写得十分壮烈。其母深明大义、忠肝义胆的形象震撼人心。子弟书在这一点上的改编并不逊色于原文。只是原文是周将军出门不久,妻子自刎;而子弟书里写周遇吉临上阵怕妻子变心,用改嫁的话试探,妻子为剖明心迹自刎。两人的心理、语言描写比起原文来是大大扩充了,但周遇吉的形象未免显得鼠肚鸡肠。子弟书增加细节,在大部分情况下都是必要的,写人叙事真切细腻,抒情感叹淋漓尽致。但在处理特别壮烈的题材,特别高大的人物形象时,过多的细节未免影响表现效果。从这一点来说,本篇的改编,有画蛇添足之嫌。

《宁武关》(乙),韩小窗作,全本,第 2985 页

取材于清传奇《铁冠图·别母》和《铁冠图·乱箭》。

与上文仅仅是卷首诗篇不同,内容语言几乎完全一致,偶见增删而已。比如上文是"一道儿纷纷尘滚银枪冷,惨惨风吹白马嘶",本文就是"一道儿萧萧霜点银枪冷,惨惨风吹战马嘶"。严格说来不算两部子弟书,但语言毕竟不完全相同,姑且以异文处之。

《分宫》,珍本,第 350 页

杜颖陶藏清抄本,取材于清传奇《铁冠图·分宫》。

写明末起义军攻破皇宫,崇祯帝手足无措。原文连唱词带对白,写出当时皇宫的纷乱。子弟书的内容和语言同原文相似,写崇祯帝六神无主的惶恐心情比较真切。

《刺虎》,珍本,第 353 页

文萃堂刻本,取材于清传奇《铁冠图·刺虎》。

写宫女费贞娥假扮公主,与李自成麾下大将一只虎成亲,新婚之夜将其杀死之后自刎。内容和原文完全一致。原文语言慷慨壮烈,掷地有声;子弟书的语言和原文相比毫不逊色。尤其是写费贞娥在房中等待一只虎时的复仇心情,如怒涛奔涌,不可遏制;写刺杀过程惊心动魄;更难得的是写刺杀的同时又写外面不知情的丫鬟们调笑打闹,紧张气氛和欢声笑语并行不悖,相得益彰,不得不令人叹服子弟书作者的笔墨功夫。

《刺虎》，韩小窗作，车王府本，第 725 页

取材于清传奇《铁冠图·刺虎》。

本篇写费贞娥行刺决心并未费太多笔墨，但写洞房花烛之夜二人饮酒说话非常详细，刺杀过程尤其精彩。行刺时房间的布置，费氏的衣着打扮，月色下的刀光，下刀时的心情，精雕细琢，宛如目前。

《雷峰塔》7 篇

《雷峰宝塔》，全本，第 2377 页

取材于清代方成培《雷峰塔传奇》。

白娘子故事版本众多，《警世通言·白娘子永镇雷峰塔》，和清黄图珌《雷峰塔传奇》中的白娘子只是一个妖精而已，处心积虑地嫁给许仙，被法海看破，收入钵盂之中。仅此而已，并无产子脱塔之说。清代方成培根据民间流行的版本创作了《雷峰塔传奇》，其中白娘子和许仙相爱，雨中相遇，借伞定情。婚后白娘子动用法术盗来官府银两给许仙使用，许仙被捉拿后发配镇江。许仙又和白娘子在镇江开药铺，白娘子在井里投毒造成瘟疫，夫妻卖药致富。端午节白娘子误饮雄黄酒现出原形，吓死许仙，白素贞到南极仙翁处求取仙丹，救活许仙。许仙去金山寺烧香，法海向其说明真相，并留下许仙。白娘子和法海在金山寺斗法失败，逃回家中生下儿子，被压雷峰塔下。许仙的儿子长大以后考中状元，祭奠雷峰塔，孝心感动上苍，白娘子出塔后受到朝廷封诰。目前所有改编《白蛇传》的子弟书都使用这个版本，可见该版本在舞台上深入人心的程度。民间版本大大背离黄图珌《雷峰塔传奇》，自行敷衍出如许故事，由此可见，在当时广大人民心目中，妖与人的区别有二：第一是有没有一女不嫁二夫的道德观念；第二是有没有生孩子。如果没有道德观念又没生孩子，就是彻头彻尾的妖怪；但是如果坚持贞节、坚持爱情，并且生下有出息的孩子，就可以得到社会的认可，被当成人来看待。白素贞生孩子之前还被看成妖怪，而到她儿子祭塔的时候从神仙到君王都认可了她的母亲身份，不再以蛇精视之。可见，在中国人心目中，道德观念和社会关系才是人之所以为人的标准，至于本相，并不是最重要的。

本篇子弟书讲述了整部传奇的故事，文笔优美动人。尤其是许仙和白娘子初遇一段，将绵绵细雨中的柔情蜜意写得如诗如画。白素贞吓死许仙之后到南极仙翁处求取仙丹，在金山寺和法海斗法，生下孩子之后被压雷峰塔下三个情节也写得极为详尽。原因是在清代舞台上，《盗草》《水斗》《合钵》三出折子戏特别流行，因此子弟书受戏曲影响较重。其中，打斗的细节写得栩栩如生，生离死别的悲痛之情也表达得淋漓尽致。

《雷峰塔》，车王府本，第 1044 页

取材于清代方成培《雷峰塔传奇》。

内容和语言同《雷峰宝塔》完全一致，只是少了两个重要情节。其一是白娘子在镇江开药铺制造瘟疫牟利。其二是许仙和白娘子的儿子许仕林长大成人后考中状元，到雷峰塔祭祀母亲，神明感动，放出白娘子，朝廷封白娘子为白衣菩萨，为之修建庙宇。本篇子弟书很明显是《雷峰宝塔》的删节版。

《白蛇传》（又名《全合钵》），珍本，第 257 页

清光绪丙午年海城聚有书房刻本，取材于清代方成培《雷峰塔传奇》。

从白娘子误饮雄黄酒一直写到出塔升天。本篇子弟书的文笔也很美丽，虽不及《雷峰塔》子弟书详尽雅致，但叙事写人也能曲尽其妙。本书中小青的妖气未脱，多次劝白娘子放弃许仙另结姻缘，都被白娘子斥骂。白娘子坚贞勇敢的形象在本篇子弟书中尤为突出。

《合钵》，韩小窗作，车王府本，第106页

取材于清代方成培《雷峰塔传奇》。

写白娘子生下孩子之后被压雷峰塔下一段。其语言文字同《雷峰塔》子弟书相关部分有很多相似之处，很可能是长篇《雷峰塔》子弟书的删节本。

《探塔》，车王府本，第297页

取材于清代方成培《雷峰塔传奇》。

写白娘子被压雷峰塔下，小青来探望，白娘子哭诉塔中的悲惨生活，二人怀念从前自由自在的日子，怨恨法海心狠手辣。写二人言行栩栩如生，将剧中人的心情表现得丝丝入扣。

《祭塔》，韩小窗作，车王府本，第224页

取材于清代方成培《雷峰塔传奇》。

写许仙的儿子考中状元，到雷峰塔祭塔哭母一段。通过小状元的眼睛写雷峰塔的阴冷，又通过小状元之口哭诉母子分离的悲伤，真挚动人。

《出塔》，韩小窗作，车王府本，第301页

取材于清代方成培《雷峰塔传奇》。

写许仙和儿子一起祭塔，遇见法海和得道之后的小青，大家恩怨

全消。法海放白娘子出塔，白娘子看破红尘，同小青离开人间，过昔日无忧无虑的逍遥生活。本篇子弟书并无状元哭诉的笔墨，相反却写出了相逢一笑泯恩仇的意境，小青和白娘子的洒脱和悟道之心也写得空灵超逸，实在是不可多得的佳作。

《淤泥河》8 篇

《庄氏降香》，罗松窗作，车王府本，第 979 页

取材于清代传奇《淤泥河》。

写隋唐名将罗成在外征战，妻子庄翠琼思念丈夫，半夜为他烧香祈求平安的事。清代小说《说唐全传》有罗成的故事，但对庄氏降香的情节只字未提。本篇子弟书则对庄氏的心情大书特书，描写极为细腻，语言华丽优美。写庄氏思夫，可谓一回一个背景，在妆楼上、书房里、花园内、卧室中，处处的环境都衬托出庄氏的思念。叙事抒情采用了典型的折子戏手法，一回一个场所集中表现。庄氏的心情虽然大同小异，但是在作者的生花妙笔之下却表现得柔情万种，摇曳生姿。

《秦氏思子》，车王府本，第 163 页

取材于清代传奇《淤泥河》。

写隋唐名将罗成在外征战，其母秦氏在家思念儿子，坐卧不宁。清代小说《说唐全传》有罗成的故事，但对秦氏思子的情节只字未提。本篇子弟书则详尽细腻地描摹了母亲的心情。本文很明显有快书的语言特征，比如，"老人家禁不住这牵肠挂肚挂肚牵肠苦痛情"。这样遣词造句，在子弟书里是没有的，但在快书里极为常见。要说本文

是快书，又不分落，也不标明春云板还是连珠调，很可能是子弟书发展到快书过程中的过渡性文体。

《周西坡》，韩小窗作，车王府本，第503页

取材于清代传奇《淤泥河·血疏》和《淤泥河·乱箭》。

写大唐江山未定之时，建成、元吉将李世民下狱，并迫害李世民麾下大将罗成，逼他单枪匹马出关迎敌，不斩敌首不得回营。罗成力战，心力交瘁，在关前写下血书，命义子交给李世民，自己被敌将乱箭射死在淤泥河。子弟书内容同原文一致。原文是武戏，舞台上的对打在表演中占有重要地位，唱词说白只求将情节说清，比较简单。而子弟书则在此基础上精雕细琢，写罗成单枪匹马，浑身是伤，在雪地里独行的孤独凄凉；在关前下定决心，以死报国的壮烈；在阵前痛斥敌将，从容赴死的大义凛然。文笔又华丽，又悲壮，艺术震撼力远远大于原文，改编极其成功。

本篇子弟书的来源相当复杂。清代小说《说唐演义》第六十一回"殷齐王屈打罗成　淤泥河小将为神"和第六十二回"罗成魂归见娇妻　秦王恩聘众将士"说的都是这段故事，但并没有罗成在关前撕下战袍写血书的情节，因此不予采信。京剧里有《周西坡》一出戏，又名《罗成叫关》《淤泥河》，就是讲述这段故事，其台词同子弟书的语言差别很大，但题目却是一致的。《周西坡》一戏是从传奇《淤泥河》改编的。传奇《淤泥河》本身就是昆曲和乱弹戏过渡的剧本，其唱词很大一部分是用乱弹腔作为曲牌演唱。京剧和很多地方戏都有这个故事，可见其流传之广。笔者追本溯源，还是认为本篇子弟书应该是改编自《淤泥河》，但作者看过京剧《周西坡》是毋庸置疑的。

《罗成托梦》，罗松窗作，车王府本，第 1625 页

取材于清代传奇《淤泥河》。

写罗成战死之后，魂魄回家见到妻子，嘱托她照料婆母，养育儿子。庄氏梦醒之后肝肠寸断，将梦境告诉了婆婆。子弟书内容与原文一致，但子弟书写得更加细致精美。第一回全从罗成阴魂的视角出发，后面全从庄氏的视角叙事，又是很典型的传奇手法。对庄氏的心理描写极为精彩，第二回回忆二人的幸福生活，文笔精美；第三回写庄氏对未来寡妇生活的忧虑，其悲痛心情溢于言表。

《罗成托梦》（全六回），全本，第 946 页

取材于清代传奇《淤泥河》。

写罗成战死之后，魂魄回家见到妻子，嘱托她照料婆母，养育儿子。庄氏梦醒之后罗春回来，带回了罗成战死的噩耗。庄氏和罗成之母秦氏悲痛欲绝。本篇子弟书同罗松窗创作的《罗成托梦》非常相似，在第一回中很多语言都是一样的，但从第二回开始差异就出现了。本篇子弟书第二回主要是罗成痛诉自己战死的原因，第四回是罗春带回噩耗。其语言的精美细致不及罗松窗之作。

《罗成托梦》（快书），全本，第 970 页

取材于清代传奇《淤泥河》。

写罗成战死之后，魂魄回家见到母亲，痛诉自己遭到建成、元吉的陷害战死沙场的遭遇，写至罗母惊醒为止。语言比较粗糙，描述自己战场不幸的词句同《罗成托梦》（全六回）的相关部分很接近。

《托梦》（快书），全本，第 974 页

取材于清代传奇《淤泥河》。

写罗成战死之后，魂魄回家见到母亲，痛诉自己遭到建成、元吉的陷害战死沙场的遭遇，写至罗母惊醒为止。内容同《罗成托梦》（快书）完全一样，但语言有所差别，水平亦不算高。

《秦王吊孝》，罗松窗作，全本，第979页

取材于清代传奇《淤泥河·显灵》。

写罗成死后，罗春找到李世民，献上罗成遗书，说清建成、元吉对罗成的迫害。李世民上奏李渊，旌表罗成妻母，并亲自来罗成家中吊孝。语言比较平淡。

《长生殿》（12篇）

《酒楼》，车王府本，第211页

取材于清代洪昇《长生殿》第十出"疑谶"。

写郭子仪独自在酒楼上喝酒，看到杨家兄妹庆祝新府落成，安禄山招摇过市，感叹国家危机四伏。内容基本同原文一致，语言也差别不大，只不过把原文的全知视角换成了郭子仪的视角，叙述方式也从郭子仪同店小二的对话交代变成了平铺直叙。

《梅妃自叹》，韩小窗作，车王府本，第423页

取材于清代洪昇《长生殿》第十九出"絮阁"。

写梅妃失宠之后，唐明皇送来明珠一颗，梅妃又悲又喜，不受珍珠，写诗一首送给明皇。子弟书从梅妃的视角出发，从入宫写到得宠，又因为杨妃进宫而失宠的过程。本文对梅妃的心理揣摩得十分到位，既细腻温柔，又顾及梅妃端庄自重的性情，即便忧伤也是怨而不

怒,将梅妃悠闲贞静的形象刻画得十分动人。

《絮阁》,车王府本,第889页

取材于清代洪昇《长生殿》第十九出"絮阁"。

写唐明皇暗自召唤梅妃,一大早杨贵妃前去捉奸,明皇悄悄送走梅妃,含糊其辞。杨妃哭泣吃醋,明皇下朝以后百般抚慰之事。故事同原文一致,但是语言更加凌厉,杨贵妃的形象也更加尖刻。语言和人物形象在原文的基础上加以合理想象和扩充,写当时的紧张情形,杨贵妃的心理、语言,李、杨二人重归于好的过程更加淋漓尽致。

《鹊桥密誓》(又名《长生殿》),罗松窗作,珍本,第148页

傅惜华藏本,取材于清代洪昇《长生殿》第二十二出《密誓》。

写杨玉环和唐明皇七夕之夜发誓永远相爱之事。内容与原文一致,子弟书还通过杨玉环之口交代了前面的故事情节。文字论起来不及原文纤巧,但比原文富丽。原文毕竟是戏曲,扮演起来费劲;子弟书只需一人弹唱即可应付演出,轻松省力。

《鹊桥盟誓》,罗松窗作,车王府本,第375页

取材于清代洪昇《长生殿》第二十二出《密誓》。

写杨玉环和唐明皇七夕之夜发誓永远相爱之事。与《密誓》不同,该篇把笔墨全花在了两人的对话上,杨玉环的忧虑和怀疑,李隆基的温言软语和海誓山盟,都写得极为细致,情人之间你侬我侬的情态跃然纸上。

《马嵬驿》,珍本,第151页

中国艺术研究院戏曲研究所藏清抄本,取材于清代洪昇《长生

殿》第二十五出《埋玉》。

写马嵬坡兵变，杨玉环悬梁之事。原文用全知视角，从旁观者角度写唐明皇、杨玉环和高力士的语言举动，虽然生动，但是缺乏内心冲突。而子弟书则完全从杨玉环的所见所闻着笔，将杨玉环的惊疑、幻想、绝望写得入木三分。文字也相当优美，尤其是杨玉环听到军队喧哗声一段，绘声绘色。

《惊变埋玉》，珍本，第 154 页

百本张抄本，取材于清代洪昇《长生殿》第二十五出《埋玉》。

写马嵬坡兵变，杨玉环悬梁之事。子弟书同原文一样，用全知视角，从旁观者的角度写唐明皇、杨玉环和高力士的语言举动。子弟书处理得比原文更加细腻生动。尤其是哗变前写馆驿的凄凉，以及杨玉环自尽前对高力士的吩咐，在忠实于原文的基础上增加了许多合理细节，真挚动人。

《闻铃（一）》，珍本，第 158 页

中国艺术研究院戏曲研究所藏清抄本，取材于清代洪昇《长生殿》第二十九出《闻铃》。

写唐明皇于剑阁缅怀杨玉环之事。原文非常沉痛，字字血声声泪地哭诉对杨玉环的怀念。而本文的气氛相对轻松，增加了"三郎郎当"（可能出自《大唐新语》）的典故，写唐明皇徒劳地计划同杨玉环一起生活。

《闻铃（二）》，珍本，第 161 页

清光绪二年丽堂抄本，取材于清代洪昇《长生殿》第二十九出《闻铃》。

写唐明皇于剑阁缅怀杨玉环之事。本文同原文的沉痛情绪基本一致,只是更精致地描写了雨中的凄凉风景,同人物的凄凉心情水乳交融。

《忆真妃》,珍本,第 163 页

清同治二年会文山房刻本,取材于清代洪昇《长生殿》第二十九出《闻铃》。

作者有三说:春澍斋、缪东麟、喜晓峰。写唐明皇于剑阁缅怀杨玉环之事。本文最忠实于原文,挥毫泼墨抒写明皇的悲痛心情。文字精彩美丽不亚于原文,写孤枕难眠的凄清,写为何梦不到杨玉环的揣测更是动人。

《锦水祠》,蛤溪钓叟(本名缪东麟)作,珍本,第 165 页

取材于清代洪昇《长生殿》第三十二出《哭像》,中国艺术研究院戏曲研究所藏石印本。

写唐明皇立锦水祠哭杨玉环之事。原文是从明皇等塑像、送塑像、立塑像,一直写到哭塑像。整个过程都有动作与相关唱段来表达不同的时间段做的事情,表演性极强。子弟书只写唐明皇的悲痛与懊悔,看不出动作变化。这可能与不同的文体有关。《长生殿》是剧本,必须让演员知道自己该做什么动作,该让故事发展到哪个阶段。而本文是说唱曲本,只要淋漓尽致地表现感情就可以了,不必在意动作和剧情。子弟书到底是一种诗歌,重抒情不重情节。

《哭像》,珍本,第 167 页

杜颖陶藏别野堂抄本,取材于清代洪昇《长生殿》第三十二出《哭像》。

同《锦水祠》的内容完全一致。但很有意思的是，不同的作者写同一个题材，抒发同一种感情，他们想象的细节却不一样。这里有笔墨写锦水祠的布置，前文无；对昔日快乐生活细节的回忆也不同。

《蝴蝶梦》4篇

《蝴蝶梦一》，春澍斋作，珍本，第13页

清光绪十九年盛京文盛堂本。取材于清代石庞《蝴蝶梦》传奇（有一说法是明代谢弘仪作），最初故事见于《庄子·外篇 至乐第十八》，后来发展成《警世通言》第二卷《庄子休鼓盆成大道》，最后变成《蝴蝶梦》。

写庄子修道之后，同骷髅论及生死。随后遇到一个寡妇，要把丈夫坟墓上的土扇干燥之后改嫁。庄子帮助寡妇扇了坟，然后把扇子带回家去，告诉妻子田玉莲自己的所见所闻。田玉莲大骂寡妇，吹嘘自己的节烈性格。庄子施法装死，然后幻化成楚王孙来吊孝。田玉莲爱上楚王孙，匆匆改嫁。新婚之夜，楚王孙发病，说要用脑髓做药引。田玉莲带上斧子决定劈棺取庄子脑髓。庄子醒来，大骂田玉莲，田玉莲含羞自缢。子弟书基本内容同原文，有庄子与骷髅对话的一段，非常齐全。但在楚王孙外貌、说媒、成亲几处增加了一些细节。思嫁楚王孙一段情节比原文简略了，但是对话还是相当生动。由于子弟书是说唱文学，故轻情节而重对话心理。情节太复杂，有可能造成演唱过程中听众因为听不清个别关键语句而搞不懂故事；或者是因为观众太熟悉情节，而没必要津津乐道。但说唱文学的优点在于渲染情感，铺排画面，所以子弟书都有不惜笔墨大写细节的特点。

第五章
取材于清代戏曲、弹词的子弟书

《蝴蝶梦二》，惠亭作，珍本，第 20 页

中国艺术研究院戏曲研究所藏抄本。取材于清代石庞《蝴蝶梦》传奇，最初故事见于《庄子·外篇 至乐第十八》，后来发展成《警世通言》第二卷《庄子休鼓盆成大道》，最后变成《蝴蝶梦》。

基本内容同原文，虽然把庄子幻化这一点事先透露给读者，削弱了作品的故事性，但警世性加强了。扇坟少妇、田氏、楚王孙的外貌细节描写得相当细致，几乎每一个情节都带着几笔外貌描绘，非常精致。从中可以看出舞台表演和说唱的区别：舞台上人的外貌和动作都能看到，没有必要在唱词里点明。但说唱艺术看不到，只能根据语言想象，所以不点明是不行的。舞台上有插科打诨，语言啰唆不是很要紧，但说唱不允许冗赘词语的出现。最后田氏和庄子的一番对答简洁有力，把当时的紧张和机变描绘得栩栩如生。

《扇坟》，车王府本，第 364 页

取材于清代石庞《蝴蝶梦》传奇，最初故事见于《庄子·外篇 至乐第十八》，后来发展成《警世通言》第二卷《庄子休鼓盆成大道》，最后变成《蝴蝶梦》。

写庄子看到女子扇坟，心中愤怒不平之事。全篇几乎都是对庄子心情的描写，极为详细，还借庄子之口痛骂扇坟的妇人不知羞耻。原文并没有这么详细，多半是子弟书作者自己的心情写照。另外，从《烧灵改嫁》中也可以看出来，子弟书作者对寡妇不肯守节只想改嫁的心情是深恶痛绝的，可能是作者是男人的缘故。

《蝴蝶梦》（又名《劈棺》），车王府本，第 671 页

取材于清代石庞《蝴蝶梦》传奇，最初故事见于《庄子·外篇至乐第十八》，后来发展成《警世通言》第二卷《庄子休鼓盆成大道》，最后变成《蝴蝶梦》。

从和楚王孙拜堂成亲一直写到田氏自缢。全从田氏的视角出发，写田氏百般狡辩自己匆匆改嫁的原因，楚王孙生病以后自己的心理活动，庄子醒来以后花言巧语遮掩事实。最后还有一段以庄子之口痛斥田氏。田氏的形象在本篇子弟书里刻画得最为出色——狡诈狠毒、自私无情。本子弟书同全本，第139页的《劈棺》完全一致，当是同书而异名。

《四郎探母》4篇

《八郎别妻》，车王府本，第616页

取材于京剧《四郎探母》。

写杨八郎同番邦的青莲公主成婚，一日辽宋两军对阵，杨八郎想趁此机会探望老母佘太君和众多姊妹。青莲公主深明大义，盗来令箭送杨八郎上路。子弟书基本内容同原文，杨八郎的两难心情，青莲公主的侠义性格，都塑造得非常成功。尤其是青莲公主，明知道丈夫一去有可能再也不回来，但还是支持他成全孝道。她的爱恋与爽朗，温柔和决断，都写得真实动人。

《八郎别妻》，车王府本，第1601页

取材于京剧《四郎探母》，《百本张子弟书目录》将其列为硬书。

写八郎见到母亲之后，同妻子云英倾诉衷肠。妻子深明大义，说现在正是宋军被围，万般危难之际，劝丈夫回去同青莲公主定计解围。八郎忍痛回到辽国，青莲公主也一夜未睡等待夫君。云英和佘太

君的崇高形象令人感动，青莲公主的担忧和挂念也合情合理。本篇子弟书同上一篇头尾相接，语言风格一致，很可能原本是一篇，只是书商为了牟利故意将其拆为两段。京剧《四郎探母》是唱功戏，本身就非常重视人物的情感、心理描写。子弟书发挥了这一特点，对主人公的种种情绪大书特书，处理得淋漓尽致，又合情合理。

《八郎探母》，车王府本，第1102页

取材于京剧《四郎探母》。《百本张子弟书目录》将其列为硬书。

写辽宋对阵，杨八郎被俘。辽国青莲公主爱上杨八郎，二人成亲。六年后，两国再次交兵，杨门女将率兵守边。杨八郎想趁此机会探望母亲。青莲公主深明大义，送八郎上路。八郎得以与母亲相见。本篇子弟书的重点是写杨八郎和青莲公主的恋爱和婚姻，尤其是青莲公主向母亲请求婚姻一段，将公主的犹豫羞涩之情和萧太后的打趣之意写得栩栩如生，让人读来不禁会心一笑。八郎想要探望母亲，青莲公主非常支持他尽孝，甚至自己从此独守空闺也甘愿。公主的无私品质，显得既可敬，又真实。

《八郎探母》（乙）（全八回），全本，第1627页

取材于京剧《四郎探母》。

写辽宋对阵，杨八郎被俘。辽国青莲公主爱上杨八郎，二人成亲。六年后，两国再次交兵，杨门女将率兵守边。杨八郎想趁此机会探望母亲。青莲公主深明大义，送八郎上路。八郎得以与母亲相见。母子痛诉离情别苦。然后八郎见到原配云秀英，秀英满怀柔情地抱怨了一通之后还是劝八郎回去见青莲。八郎临行前和秀英欢会，后来秀英产下一子。本篇子弟书的内容同子弟书《八郎探母》和《八郎别妻》一致，只是语言简化很多。

《骂城》，韩小窗作，车王府本，第 584 页

取材于清代传奇《三皇剑》。

写薛仁贵曾在微贱时娶妻樊金定，新婚三月而走，留下樊金定独自带着儿子含辛茹苦二十年。儿子成人后，薛仁贵功成名就，樊金定带着儿子来寻夫。到城头上薛仁贵不肯相认，樊金定愤而自尽。子弟书内容同原文一致，语言极为精彩。薛仁贵的心理变化写得细致入微，樊金定的血泪控诉极富震撼力。

《续骂城》，古香轩作，车王府本，第 242 页

取材于清代传奇《三皇剑》。

写樊金定死后，李世民痛恨薛仁贵无情无义，责其召回儿子。薛仁贵来到儿子营前苦苦哀求，小将不忍，原谅父亲，效忠于李世民。父子相见的场面写得真挚动人。同样是激烈的情感冲突，同样富有震撼力，但同《骂城》相比却有极大的不同。《骂城》的笔墨怨愤，《续骂城》的文字则充满痛悔之情。

《渔家乐》，白鹤山人作，车王府本，第 1005 页

取材于清代朱佐朝传奇《渔家乐·相梁》和《渔家乐·刺梁》。

写相士万家春认出渔家女乌飞霞有皇后之相。乌飞霞同逃难的太子成亲后，送太子去河东避难。万家春进入梁府为梁冀看相。梁冀强抢民女马瑶草为姬妾，乌飞霞冒充马瑶草混进梁府，伺机杀死梁冀，随万家春逃走。内容同原文一致，但增加了大量的心理描写和外貌、语言细节，而且语言个性很强，相士有相士之语，丫鬟有丫鬟之语，梁冀有梁冀之语，各有特色不相混淆。子弟书作者塑造人物的功力令人叹服。这一点要胜过原文。戏曲中虽然在唱词上注意表现人物的身份特色，但是在宾白上如何，就不一定了。

《藏舟》，罗松窗作，车王府本，第171页

取材于清代朱佐朝传奇《渔家乐·藏舟》。

写东汉梁冀篡权，追杀太子刘蒜。刘蒜逃到渔家女乌飞霞的船上避难，同乌飞霞结为夫妻。内容虽然一致，但子弟书将原戏文大大扩充了。乌飞霞哭祭父亲的文字写得十分真挚动人，对乌的外貌描写也很精彩，摆脱了千篇一律的美人图，写出了飞霞俊爽洒脱之美。乌飞霞在船上见到太子以为是贼，痛骂的言辞也极为生动。这都是补原文之不足，很精彩的一笔。但缺点是太子亮明身份后，乌竟像个大臣一样，引经据典，规劝太子，还和太子讲学论道，这显然是一个渔家女不可能做到的。子弟书作者在这里犯了脱离现实的错误，乌飞霞的形象显得不伦不类。

《刺梁》，车王府本，第114页

清道光年间木刻本，取材于清代朱佐朝传奇《渔家乐·刺梁》。

写乌飞霞冒充马瑶草进入梁府，趁机杀死梁冀。子弟书与戏文的情节略有不同。戏文里梁冀在看密报时被杀死，子弟书改编为梁冀招乌飞霞侍寝，醉后被杀。这一情节改编得很有道理。戏文要考虑前后情节的衔接。密报内容是汉旧臣立清河王刘蒜为帝，同前文情节相呼应。梁冀在鬼魂的蛊惑之下在密报上写了"冤家到了，速速自裁"，又为后文相士万家春哄骗家丁，带乌飞霞逃走提供了条件。子弟书只改编一段，无须考虑前后文衔接的问题，因此删减情节以求紧凑，把笔墨重点放在乌飞霞行刺之前的心理活动上，恐惧、紧张、愤恨的情绪都写得生动细腻。

《盗令》，车王府本，第 1651 页

取材于清代李玉传奇《麒麟阁》第二十九出《征聘》和第三十二出《姬泄》。

写秦琼投奔杨林（子弟书作杨龄），杨林将歌女张紫烟（子弟书作张紫艳）许配秦琼，引起何芳（子弟书中作东方望）的嫉恨，何芳设计陷害。紫烟听说了这件事，私盗令牌放走秦琼，然后自刎。原文的重点是写隋唐众将，只在《姬泄》一出里将此事交代明白。而子弟书则为张紫烟增加她的身世经历，并补充死后灵魂拜别父母及杨林。子弟书为原文中一个配角作传，浓墨重彩地渲染张紫烟的节烈忠义，改编十分成功。

作者还增加了众多次要人物和故事情节，交代机密泄露和盗令牌的经过，又添加了张紫烟的心理、语言、外貌等众多细节，来多方位地表现她的智谋和果断。

《打登州》（快书），全本，第 872 页

取材于清代李玉传奇《麒麟阁》。

写秦琼私通绿林好汉，劫了王杠，反出潼关。杨林大怒，带兵布阵擒拿。秦琼勇闯"一"字长蛇阵。本快书的内容剪裁失当。作者想介绍绿林好汉劫王杠被杨林擒拿的经过，却又语焉不详；应该把重点放在秦琼闯阵上，却又点到辄止，构思和语言都非常粗糙。

《锏对棒》（快书），全本，第 877 页

取材于清代李玉传奇《麒麟阁》。

写秦琼私通绿林好汉，劫了王杠，反出潼关。杨林大怒，带兵布阵擒拿。秦琼勇闯"一"字长蛇阵。内容结构同《锏对棒》，语言也相似。

《访贤》(又名《访普》),韩小窗作,珍本,第 231 页

傅惜华藏清代精抄本,取材于清代李玉传奇《风云会·访普》。

写赵匡胤半夜找赵普商量平定各地割据势力,议定后找来将军征剿四方。子弟书内容同原文一致。原文语言极为铿锵有力,激动人心。子弟书作者应该是受舞台气氛感染而作,语言也相当雄浑有力,但比原文还是稍逊一筹。

《雪夜访贤》(全五回),全本,第 1567 页

取材于清代李玉传奇《风云会·访普》。

写赵匡胤半夜找赵普商量平定各地割据势力,议定后找来将军征剿四方。本文对赵普的管家同赵匡胤斗嘴调笑的情节写得很有人情味,又对赵普"半部论语治天下"展开了一番议论,语言平易畅达。

《访贤》(又名《访普》),车王府本,第 656 页

取材于清李玉传奇《风云会·访普》。

本篇子弟书带戏带书,看体裁有点像快书。其内容同上文一致。但在赵普家的摆设、赵普夫人以及四员大将的容貌上花费了不少笔墨,上文的重点,也就是商量军国大事的过程,反倒被省略了。上文的重点是表现君臣的谋略,而本文只是热衷于描摹表面的现象,可见两位作者态度的差异。一个把自己放在历史评论者的角度,另一个只具有市民的眼光。

《草诏敲牙》,韩小窗作,车王府本,第 718 页

取材于李玉传奇《千忠戮》第五出、第六出和第八出《草诏》。

写明代燕王朱棣攻入皇宫,夺走建文帝的皇位,并大肆屠杀忠于

建文帝的臣子。方孝孺不肯为燕王草拟诏书，全家被杀。原文写皇帝放火焚宫，皇后投火而死。皇后的唱词和宾白较为简略。建文帝惊慌失措，剃度出家，出家的笔墨以对白为主，语言比较世俗。建文帝如何不情愿剃度，剃度以后同太监臣子们该怎样称呼，怎样离开，怎样安排人打听消息，都交代得妥妥帖帖。正因为太自然、太妥帖了，反倒看不出建文帝悲愤无措的情感来。而子弟书发挥了叙事诗的特长，把当时的惊慌、决断、悲痛都渲染得淋漓尽致，胜过原文。

原文《草诏》的重点只写方孝孺与燕王斗口，方孝孺剖明自己的忠诚。但子弟书则增加了大量的笔墨，写方孝孺受刑的始末细节：如何被敲牙，如何被割舌，方孝孺的痛苦和决心都在血腥的场景中表现出来。文笔激昂悲壮，伤心惨目，艺术效果远胜原文。

《惨睹》，珍本，第333页

李啸仓藏清抄本，取材于清代李玉传奇《千忠戮》第十出《惨睹》。

写建文帝悄悄潜回南京，目睹了燕王大肆杀戮忠良的惨状。原文写建文帝的唱词，悲伤无奈，语言沉痛凄丽。通过建文帝之目看大臣、隐士、妇女被杀被流放的惨景，乃至人头几十车的惨状。建文帝凄美的唱词，同近乎自然主义白描的血腥场景相穿插，震撼人心。子弟书的内容同原文一样，只是原文中写惨状，是用士卒们的对白出之，血雨腥风同士卒们的说笑形成鲜明对比，士卒们粗俗冷酷的语言又同建文帝凄美的唱词形成对比，艺术效果极佳。但子弟书一味用诗语表现之，不可谓不佳，但不及原文震撼。

《刺汤（一）》，珍本，第343页

民族图书馆藏刘复《旧抄北平俗曲》本，取材于清代李玉传奇《一捧雪》第二十出《诛奸》。

原文是写莫怀古拿假造的家传古董一捧雪欺骗严世藩，招来杀身之祸，多亏朋友戚继光保护，义仆小妾舍生忘死救护，最后全家团圆。子弟书改编的就是小妾杀死说出真相的汤勤一事。这里原文的文辞很华美，但是情节发展极为牵强。莫怀古既然是仕宦出身，又多年历练官场，人自然精明练达，怎会在刚认识不久的人面前亮出传世之宝，又怎么会糊涂到醉酒后说出造假之言？整部戏似乎就是为了写一个小人，一个义仆，一个烈女。尤其是汤勤，整个人的脸谱化问题太严重了，一开始就坏，一直都坏，坏得没有理由，没有心理冲突，性格没有层面，完全平面化。

雪娘杀汤勤这一幕可以算是全剧中最精彩的一出了，子弟书选择这一出改编颇有眼光。而原剧中雪娘的心理和语言都表现得略嫌简单，子弟书里增加了很多悲愤有力的怒斥之语，读来非常过瘾，同时也把雪娘的形象烘托得更加壮烈。

《刺汤（二）》，芸窗作，珍本，第346页

清文萃堂木刻本，取材于清代李玉传奇《一捧雪》第二十出《诛奸》。

本文与原文有一点差异：原文是在汤勤清醒的时候当面怒斥斩杀的，而本文则变成了灌醉汤勤之后再杀。不过雪娘的表情和心情摹画得极为精微生动，尤其是杀人之前的胆怯，恨自己手软，杀人的过程，写得令读者感同身受。比起戏曲简单的叙述过程来，感觉真有天壤之别。不过也可以理解，戏曲是表演艺术，演员可以通过身段、动作、武打来展示内心的激烈情绪，而子弟书唯一的表达工具就是语言。

《祭姬》，车王府本，第204页

取材于清代李玉传奇《一捧雪》第二十一出《哭癠》。

写雪娘杀死汤勤之后，戚继光来到坟上哭奠之事。基本同原文，但是没有太学生们来祭奠这一场。无论是感叹雪娘的刚烈，人生的无常，还是写坟场的凄凉，同原文在内容和语言上都比较相似。

《痴诉》，鹤侣氏作，车王府本，第 213 页

取材于清代朱佐朝传奇《艳云亭·痴诉》。

写千金小姐萧惜芬的父亲遭人陷害，她化装成痴傻女子逃出罗网，流落市井，向算命先生诸葛谙剖明身世。原文小痴儿的一番哭诉连唱词带说白，对比昔日的富贵娇宠，今日的肮脏贫贱，伤心惨目，催人泪下。子弟书把这番话全变成了流畅的排比句，流于轻浮，效果不及原文有震撼力。

《柳敬亭》，鹤侣氏作，车王府本，第 47 页

取材于清孔尚任传奇《桃花扇》第一出《听稗》。

写复社书生遇见柳敬亭之事。同原文的情景不完全一致，原文对柳敬亭的忠肝义胆并没有像子弟书这样铺叙。子弟书里对露天卖艺的场景也有不错的描述。

《守楼》，珍本，第 368 页

中国艺术研究院戏曲研究所藏精抄本，取材于《桃花扇》第二十二出《守楼》。

写李香君在侯生走后坚决守节，宁死不嫁他人，其母无奈代嫁之事。内容与原文基本一致，但最值得称道的是，子弟书的语言极其雅致优美，诗意的语言绝不与原文的优美唱段雷同，但是在风格和艺术水平上却完全一致。这种字句不一但风格一致的改编实在令人叹服，同原文对照，无法辨别孰优孰劣，只可共同欣赏，可谓双璧。

第五章
取材于清代戏曲、弹词的子弟书

《钟馗嫁妹》,芸窗作,车王府本,第283页

取材于清代张大复传奇《天下乐·嫁妹》。

原本已经失传,只留下《嫁妹》一出。原文讲述钟馗才高貌丑,考中进士却被皇帝除名,愤而自杀,杜平为之收殓。钟馗死后被封为神明,感杜平善后之恩,将妹妹嫁给他。本篇子弟书讲述的就是嫁妹的过程。《天下乐·嫁妹》是一出极为有名的歌舞戏,钟馗和五鬼的舞蹈场面,犹如在舞台上满场飞舞,钟馗和五鬼的打扮也十分耀眼夺目,加上歌声、舞姿,使人耳目应接不暇。精彩的舞台表演,使得这出戏往往成为不少剧团为了娱乐观众所常排出的戏码,也是昆曲的折子戏的一个典范。子弟书不可能像戏曲一样华丽炫目,只能发挥文字优美的特长,在嫁妹的场景和主人公心情方面大书特书。子弟书的叙事方式也很能看出戏曲的痕迹。嫁妹前全用钟馗的视角叙述,嫁妹过程中则用钟馗妹妹的视角叙述,很能体现出戏曲一折一个场景、一折一个视角的特点。

《双官诰》,明窗作,车王府本,第967页

取材于清代传奇《双官诰》。

这个故事在明代确有其事,李渔《连城璧·卷八·妻妾败纲常梅香完节操》中敷衍过这个故事,康熙年间长洲人陈二白有传奇《双官诰》。剧写大同人冯瑞,其父任潮州太守,为官清正廉洁,但为仇人所害,暴亡任所。冯瑞与妻、侧室一起苦守清贫,读圣贤书,并通岐黄之术。家中有丫鬟碧莲,照应侧室所生之子,并被冯瑞收为通房。冯瑞收碧莲后患重病不起,问妻妾自己如亡故她们的去留,妻与侧室均坚决表示不嫁守节,碧莲却说人各有志,说也无用。冯瑞因病不能入学,而讲书教官林翘正是冯瑞父亲的死对头,便革去冯瑞名籍,并欲进一步陷害他。冯瑞病愈后,被迫抛妻弃子离家避祸,以医

术糊口，因治愈巡抚于谦的疾病，被于谦收作幕宾。与冯瑞相貌相似的范颜与冯瑞交好，到冯瑞行医处寻冯不见，便冒名行医，被林翘派来的刺客误认为冯瑞刺死。冯家老仆寻访主人，受客店店主张近乔蒙骗，误将范颜灵柩运回故里。家里人认为冯瑞已死，妻子和侧室皆悔前言改嫁出门。婢女碧莲苦守贞节，日夜纺织，抚养教育偏房所生之子冯雄。冯雄在三娘的教育下，发奋读书，一举成名。冯瑞也官至兵部尚书，衣锦还乡。碧莲因尽节抚幼，终获父子之双官诰。

子弟书《双官诰》根据传奇《双官诰》的《蒲鞋》《夜课》《借债》《见鬼》《荣归》几出改编而成，讲得知丈夫死讯之后，妻子和侧室携带家产改嫁，丫鬟碧莲带着儿子清贫度日。一天激励儿子读书时，儿子说碧莲不是亲生母亲，碧莲伤心欲绝，后来在儿子的忏悔和恳求中原谅了他。由于家庭过于贫困，冯雄和老仆去向两位前妻借债，均遭拒绝。后来丈夫冯瑞衣锦还乡，与碧莲相认；与此同时，儿子冯雄也在会试中了探花，碧莲受双份诰命。两位前妻含羞来见，被冯瑞斥去看守牌坊。子弟书将原来的戏曲改编为流畅的韵文。

《玉搔头》（又名《万年欢》），珍本，第 335 页

北京图书馆藏抄本，取材于清代李渔传奇《玉搔头》。

写明武宗微服狎妓，结识刘美人，回宫之后失去刘氏音信。当时亲王叛乱，武宗御驾亲征，在平叛时误得相貌酷似刘氏的范氏，最终找到刘氏，二美同侍一君。故事基本同原文一致，但是原文有两条线，一条讲忠臣护朝，良将平叛；另一条讲明武宗和刘、范二位美人的传奇爱情故事。子弟书为了情节紧凑，舍弃前一条，把笔墨全部倾注到后一条上。很多情节略有改动，比如刘妃的画像原文是画师所画，但子弟书里为了写皇帝的痴情说成是皇帝自己所画。武宗的相思与哀愁也刻画得比原文更加动人。

第五章
取材于清代戏曲、弹词的子弟书

但原文文末这段话很值得注意：

  明朝三百年间，许灵宝家门最盛，而事业复有可观；王山阴理学称尊，而功烈尤为丕著。二公之事虽登载籍，未播管弦，使妇女、孩童不尽识其面目，亦缺憾事也。至于武宗之面目，久现于优孟衣冠。嫖院一事，可谓家喻而户晓者矣！但屈帝王之尊，而为荡子无赖之事，此必亡之势也。其所以不亡者何故？岂非辅弼之有人，而弥缝之多术耶！若不揭出此义，昭示于人，则天子浪游而国事无恙，几为可幸之事矣！是剧合一君二臣之事，而联络成文，使孩童、妇女皆知二公有匡君之实。二公既有匡君之实，则武宗亦与有知人之明。由是观之，其侥幸不至失国，亦理之所当无，而事之所合有者也。以此示劝于臣，则臣责愈重；以此示诫于君，则君体不愈严乎？作是剧者，原具此一片深心，非漫然以风流文采见长也。有责其以衮冕登场，近于亵慢者。吾不知嫖院一剧始自何年？徒暴其短者，不闻见罪于世；而代文其过者，反蒙指摘于人。亦何幸于前，而不幸于后欤！

  可见李渔的苦心是要用戏曲彰显忠臣良将之事，爱情情节只不过是编选当时舞台上流行已久的故事，吸引观众而已。而子弟书完全放弃李渔的用心，只对爱情津津乐道。可以看出，仕宦知识分子同市民知识分子，到底有所不同。

  子弟书和戏曲两相对照，也可以看出不同的艺术题材的特长不同。传统戏曲的优势是结构复杂精密，语言丰富多样、活泼幽默，人物众多，叙事详尽，情节千回百转。子弟书的特长是在心理和外表等各种细节上大肆铺叙，精工细作，细腻动人。戏曲有着庞大的表演阵容，允许长时间演出，所以可以做到在情节上精密；子弟书是单人说唱，不允许篇幅太长，又要求能打动人心，就选择在细节上精密。谁说只能由内容来决定形式？很多时候形式是可以决定内容的。

《意中缘》，车王府本，第1064页

改编自李渔传奇《意中缘》，但情节有很大的差异。

原文是说贫家才女杨云友，爱慕董其昌的才华，被是空和尚以董其昌的名义骗婚，又在丫鬟妙香的帮助下杀死和尚保全名节。董其昌爱其书画才能和聪明智谋，托媒说亲，但杨云友害怕再次上当而拒婚。董无奈，只好央求好友陈眉公的爱妾——名妓林天素女扮男装骗婚，最后有情人终成眷属。在子弟书里，情节被大大简化，只说董其昌爱上杨云友的画，请林天素女扮男装寻找杨云友，找到后做媒促成二人婚事。情节变化的原因，估计是子弟书不适于讲故事，太复杂的情节不是这种文体所能把握的。子弟书把大量的篇幅都花在了杨云友和林天素互相调笑戏谑上。情节的变化也造成了人物形象的变化。原文中的董其昌为人宽厚，做事情也很有分寸，但子弟书里的董其昌只是一个书呆子而已。剧本中的杨云友因为处理了重大事件，形象机敏沉稳。林天素曾经女扮男装被土匪抓去当书记，机警应对不露破绽，显得有胆有识，英姿飒爽。但子弟书里省略了这些重大事件，只写两人调笑戏弄，形象变得轻浮浅薄。本想表现二人的聪敏，却写成了小市民般的贫嘴烂舌、装腔作势，人物形象十分庸俗。语言也不及原文生动俏皮，虽然努力模仿原文的语言风格，但是却粗俗了很多。由此足可见李渔这样中上等文化阶层同小市民作家相比，人物形象处理水平和语言驾驭能力都要明显高出一筹。

《咤美》，车王府本，第215页

改编自李渔传奇《风筝误》第二十九出《诧美》。

《风筝误》讲的是韩世勋被父亲的老友戚补臣养大，同其子戚施

一起读书。戚施爱玩,某天糊了一个风筝,请韩世勋题诗其上。风筝落到附近詹烈侯府上,詹烈侯出外征战,留下两个女儿在家。大女儿丑陋愚蠢,小女儿美丽多才。小女儿捡到风筝,和诗其上,韩生看到后十分激动,再题一首,故意掉进詹府。这次被大女儿捡到,约韩生夜里幽会,韩生被大女儿的丑陋容貌吓退。后来韩生考中状元,疆场立功,戚补臣做主将小女儿嫁给韩生。韩生误以为是大女儿,无奈成亲,新婚之夜点破当年的丑事,小女儿冤愤交加,当面对质。韩生惊讶小女儿之美,赔冷落佳人之罪,欢度良宵。婚后两家相见,说破此事,大女儿向小女儿认错,大团圆结局。本篇子弟书截取的就是洞房花烛夜,韩状元误把美女当丑妇,最后误会澄清的片段。选这一段很有道理,因为整本传奇都是在做铺垫,《诧美》就是这些铺垫全部打开掀起的戏剧高潮。很可能这个选段在折子戏里非常有名,因此才会被子弟书作者采择至此。子弟书的内容同原文基本一致,主要是细节和文体的修改。原文写新郎的情态,误会澄清的过程十分详细,正因为详细才显得合情合理。子弟书只负责把整个事情说清,没有那么多细节。原文是曲套体,字句长短不一,唱词说白交混,正因为有说有唱,当事人的心理变化、当时情形的唇枪舌剑,都写得如在眼前。子弟书是板腔体,以七字句为主,语句两两相对。这样的文体便于演唱,也便于大段大段地抒发人物内心情绪,或者细致地描写静态的风景人物,但是在处理紧张激烈的场面、曲折复杂的情节上,则显得很呆板。因此,子弟书在处理这一段折子戏上,没有把当时的场面完全表现出来,显得很平淡,不出彩。

《盗令牌》,车王府本,第 217 页

取材于清代朱素臣传奇《翡翠园·盗令》。

写秀才舒德溥遭到豪宦邻居麻逢之诬陷,被捕入狱,当晚就要被

问斩。穿珠花的匠人赵翠儿母女平时常受舒夫人照应，不忍见舒家遭难。赵翠儿便夜入麻府，盗走令牌，放走舒秀才。子弟书的内容同原文完全一致。原文并无赵翠儿的心理描写，子弟书则将其听说舒秀才将要被问斩时的心情补写得十分传神。

《党人碑》，玉山作，车王府本，第 141 页

取材于清代丘园传奇《党人碑·打碑》。

写宋代谢琼仙独饮大醉，于道旁见新立党人碑。因愤慨蔡京将司马光等众多正人君子诬为党人，将碑砸坏推倒，被看守抓走。子弟书内容与原文完全一致，语言也多有借鉴之处。

《思凡》，车王府本，第 630 页

取材于清传奇《孽海记·思凡》。

写小尼姑不甘忍受寺庙的孤单清苦，想还俗嫁人，私自下山之事。子弟书内容同原文完全一致，但艺术水平要远远高于原文。原文的语言大胆泼辣，酣畅淋漓地表现了小尼姑对世俗生活的热烈渴望和不顾一切冲破佛门戒律的勇气。子弟书的语言极为优美雅致，婉转动人。先从小尼姑的美貌和魅力写起，又将寺庙孤独清苦的生活同世俗幸福欢乐的景象相对照。先写小尼姑渴望爱情婚姻，又为年华流逝而焦虑的心情，最后写她的不甘和决心。一切生活景象都是从小尼姑眼中看出，一切心情都是从小尼姑口中说出，细腻婉转到了极点。改编极为成功。

《僧尼会》，竹轩作，车王府本，第 651 页

取材于清传奇《孽海记·思凡》。

写小和尚贪恋人间夫妻的幸福，逃下山来，恰好遇到同样原因逃出来的小尼姑。二人先相互试探，后来相爱，约定一起下山结为夫妇。子弟书内容同原文一致。但原文是表演体，各个人物都有自己的心情唱词和对白。子弟书同时使用两种语体，用独白写人物心理，用代言体写二人的对话行为。改编相当成功。从中也可看出子弟书的一个改编原则：用代言体讲述情节，但用独白写人物的心理世界。

《观雪乍冰》，车王府本，第 148 页

取材于清代宫廷大戏《升平宝筏》。

写唐僧师徒打金鱼精的过程中，金鱼精下雪冻住河之事。子弟书集中描写大雪风景，借唐僧之口演唱冬日百姓的艰苦生活。《西游记》第四十八回"魔弄寒风飘大雪　僧思拜佛履层冰"里也有这一段，但重点是孙悟空和猪八戒扮成童男童女打金鱼精，金鱼精假造下雪天气将唐僧困在河里。冰雪天气只是很不起眼的一小段而已。子弟书对《西游记》的重点只字未提，却对下雪和冻河大书特书。而且本部子弟书还"带戏"，就是在演唱过程中要加上身段表演，更明显是出自戏曲而非小说了。

《赶妓》，全本，第 1307 页

取材于清代宫廷大戏《劝善金科》。

写妓女赛芙蓉逃出妓院，老鸨在会缘桥上追到她。善人傅公子代为赎身，并和尼姑一起告知老鸨循环报应之理。老鸨感悟，当即出家。语言质朴，同时又生动形象。

《望乡》，车王府本，第 229 页

取材于清代宫廷大戏《劝善金科》。

写目连之母刘氏死后魂归地府，在望乡台上看阳间的亲人。故事虽不完整，但刘氏惶恐紧张的心情写得非常真切生动。

《趁心愿》，车王府本，第 578 页

中国国家图书馆藏有嘉庆二十一年三槐堂王琮所抄全本，取材于清代传奇《称心缘》，故事是《雷峰塔》的续书。

写书生秦世恩听评书《白蛇传》后，痛骂许仙无情无义，被小青听到。小青很高兴遇到有情有义的男人，就和秦世恩成亲。子弟书的内容和原文一致，主要笔墨花在写二人相识以及新婚的幸福生活上，语言华丽优美。

《蓝桥会》，珍本，第 27 页

取材于昆曲折子戏《井遇》。

写蓝瑞莲所嫁非人，井台挑水时偶遇魏景元。二人约好当夜在蓝桥相会，但不料天降大雨，魏公子被淹死，蓝瑞莲投水自尽。二人死后，阎王怜其痴情，让他们投胎成为王公子和玉堂春。原文语言非常俚俗，情节也极为简单。子弟书对二人的心理和对话描写得极为详细生动，相遇相爱都写得合情合理，不像原文那样突兀，语言也优美动人。

《新蓝桥》，全本，第 176 页

取材于昆曲折子戏《井遇》。

基本内容同《蓝桥会》，但加上了蓝瑞莲和魏景元的前世今生。他二人本是天宫金童玉女，因为在蟠桃会上打坏杯盘才被贬下界。死后投胎为张官宝和李瑞莲。细节描写极为详尽，语言比《蓝桥会》俚俗。

《借靴》，鹤侣氏作，珍本，第 489 页

中国艺术研究院戏曲研究所藏清抄本，出自高腔《借靴》，讽刺小气鬼和假交情。

本书的构思极尽夸张之能事，主角刘二先大肆吹嘘和朋友张担的交情，张担提出借靴以后又破口大骂，看张担负气要走又做百般不舍忍痛割爱状，甚至要求张担备办祭礼请靴神；祭礼之后还提出靴律，如果穿破则要刨坟三代、锉骨扬灰，有极佳的喜剧效果。原文插科打诨，对白调笑相当精彩。子弟书继承了原戏文夸张幽默的艺术风格，改编十分成功。

《赶靴》，鹤侣氏作，车王府本，第 134 页

出自高腔《借靴》。接着上文，讲刘二到底不放心靴子，半夜三更迎接张担想讨回靴子，一路上牵肠挂肚，甚至不惜修桥补路以免弄坏靴子。幽默诙谐的喜剧效果同前文保持一致。

《鸨儿训妓》，车王府本，第 839 页

出自高腔《鸨儿训妓》。

写一个妓院老鸨子调教年轻的妓女，告诉她如何对付不同的客人，如何榨取嫖客的钱财，如何花言巧语打发花光钱财的嫖客。子弟书的内容同原文一致，语言辛辣老到，圆熟流畅。从中可以看出市民文化的一斑。原文的语言比乱弹戏要雅致一些，但还是有猥亵之嫌。子弟书因为言辞雅驯，被尊为"清门儿"，是很有道理的。地方戏虽然风趣热闹，但是语言毕竟粗糙。子弟书能在保留其趣味和活力的基础上将语言雅化，实属不易。

《齐陈相骂》，韩小窗作，车王府本，第 226 页

取材于清代梆子戏里的《相骂》一段。有人说取材于明传奇《东郭记》，误，《东郭记》中并无这段。

虽然该篇子弟书最初脱胎于《孟子·卷六 滕文公下》中"仲子,齐之世家也,兄戴,盖禄万钟。以兄之禄为不义之禄而不食也,以兄之室为不义之室而不居也,辟兄离母,处于陵。他日归,则有馈其兄生鹅者,己频顣曰:'恶用是鶂鶂者为哉?'他日,其母杀是鹅也,与之食之。其兄自外至,曰:'是鶂鶂之肉也。'出而哇之"一段,但是整个文意却是写陈仲子和齐人吵骂,骂架的语言行动极为符合两人性格,陈之酸腐、齐之匪气跃然纸上。只可惜齐人的语言多是当时北京市井脏话,现在很多词汇已经难以查证具体意思了,比如"何况你这晚秧子膘桶哏怎子嘎杂"。

《路旁花》,车王府本,第 796 页

出自梆子腔《花鼓》。

写一个有钱浪子请一对花鼓艺人夫妇来唱曲,边唱边和艺人妻子调情,唱完之后妻子收费被浪子亲吻,被丈夫责备,丈夫见钱之后就原谅了。浪子的饥渴及其与花鼓艺人的对话,打花鼓时三人的情态都写得极为精彩,生动如在目前。原文把打花鼓时的唱词都写出来了,因为艺人的表演过程就是整个表演的一部分。而子弟书里把重点都放在描述三人打鼓的动作和心理上,改编得非常生动。可能原文是舞台表演,动作表情都能看出来,而子弟书不说不行。原文的词语更加俚俗,对白也比较啰唆;子弟书将他们的语言取其幽默而去其粗鄙,另外增加了女艺人的形貌描写。子弟书作者对艺人夫妇的轻浮态度很是不满,但是考虑到当时他们的生活境况和花鼓戏的艺术特征,这种轻浮是可以理解的。明、清两朝,凤阳一带水涝灾害频频出现,凤阳人无以为生,只好背井离乡打花鼓过活。打花鼓的形式如清代王韬《海陬野游录》所云:"演者约三四人,男敲锣,女打头鼓,和以笛板。"而且据清代钱学纶《语新》一书所载:"花鼓戏不知始于何时,其初乞丐为之，今沿城乡搭棚唱演。淫俚歌谣，丑态恶状，不可枚举。初村夫村妇看之，后则城中具有知识者亦不为嫌。甚至顶冠束带，俨然视之，殊可大噱。余今年五十有四，当二十岁外犹未闻也。或曰：兴将二十余年。或曰：某村作戏，寡妇再醮者若干人；某乡演唱，妇女越礼者若干辈。后生小子，着魔废业，演习投伙，甚至染成心疾，歌唱发癫。"本篇子弟书简直就是记录打花鼓场面的史料。

《党太尉》，鹤侣氏作，车王府本，第 161 页

取材于梆子腔《赏雪》。

写党太尉同爱姬饮酒赏雪，目不识丁还要附庸风雅，闹出许多笑话的故事。原文结构比较松散，情节对白也嫌拖沓，不及子弟书去其冗，取其精，一气呵成。党太尉的粗鲁丑态写得相当生动。鹤侣氏估计也是有感而发，要借子弟书讥骂那些位尊权重却胸无点墨之辈。

《打面缸》，竹轩作，车王府本，第 355 页

取材于梆子腔《打面缸》。

写妓女周腊梅要从良，知县将她嫁给衙役张才，却命令张才在新婚之夜去递交文书。衙门中的王书吏来偷情，结果四衙也来了，不得已把王书吏藏在灶下。很快县官也来了，不得已把四衙藏在面缸里。知县正要偷情，张才回来了，把知县藏在床底。张才回来烧火做饭，灶里烧出了王书吏，面缸打出了四衙。正吵闹，床底下爬出了知县。张才逼三人立字据交银子遮羞。剥下知县衣冠做抵押，将三人赶出门去，夫妻成亲。原本的戏文就非常热闹有趣，子弟书的改编也比较成功。二者之间有一个差异：戏文里三个来偷情的人都要求周腊梅唱曲，唱曲占了戏文一半篇幅。而子弟书里没有唱曲的情节，却让张才在一开始拒绝成亲，理由是妓女出身的女子又馋又懒，周腊梅予以当

堂驳斥。这二者间的差异很容易理解。戏曲的表演要求高,唱曲是舞台表演的一个重要组成部分。就算与情节关系不大,也有很强的艺术效果。子弟书本身就是说唱,完全不必要夹带与情节无关的内容。但是一开始的对白则很有必要,一来显示了周腊梅的从良信念和智慧,为后文做铺垫;二来为什么有人愿意娶从良妓女,情理上也应该有所交代。

《牧羊圈》,洗俗斋作,珍本,第 128 页

梅兰芳藏手抄本,取材于梆子戏《牧羊圈》。

写朱纯登在外征战,其婶母谎称朱已死,将其母亲妻子赶出家门,任其流浪。朱纯登衣锦荣归之后,婶母又谎称其母亲妻子已死。朱悲痛之下为她们做道场,施舍粥饭。其母亲妻子来乞讨粥饭时与朱纯登相认,真相大白。其婶母被雷劈而死。原文比较芜杂,在相认的过程中不断拿朱纯登的随从插科打诨,耗费了不少无用的笔墨,而剧中人激烈的情感变化并未表现出来。子弟书删掉芜杂之处,花费了大量笔墨写激烈的矛盾冲突和主人公的强烈情感,艺术效果远胜原文。

《卖胭脂》,车王府本,第 290 页

取材于梆子腔《买胭脂》。

写秀才郭华和胭脂铺姑娘王月英私通之事,内容与原文有些差异。原文写两人早有私心,只因王月英的母亲不在才想成其好事,但不料被过路的老货郎打扰,频频闹出笑话。戏文原不在写艳情,只是借写好事不成而插科打诨。子弟书是写二人一见钟情,私定终身,再无别的事情或角色,完全成了写艳情的作品。戏文虽然热闹好笑,但和当时所有的地方戏一样,都有语言文采不足的缺点。子弟书弥补了语言上的不足,把郭华求欢时的甜言蜜语、王月英对始乱终弃的顾虑,都写得非常详尽生动。

《乡城骂》,车王府本,第 240 页

出自梆子腔《探亲》《相骂》。

写乡下妈妈和京城的旗人结了亲家,妈妈进城看女儿,和亲家母吵闹打架的趣事。原戏文很详细,乡下妈妈进城前和丈夫的对话,进城后和婆婆的吵骂,亲家公和女婿的劝解,都写得很详尽,场面热闹好笑。子弟书则增加了更多京味,把妈妈进城之前准备的礼物,进城之后亲家的门口,家里的摆设,都写得极为细致,仿佛工笔画一样把当时北京旗人的门里门外写得清清楚楚。亲家母之间的对话和骂架也写得极为生动俏皮。乡下妈妈的强悍,旗人婆婆的滑头,都在几笔之间描摹得如在眼前。

《查关》,竹轩作,车王府本,第 371 页

取材于梆子腔《宿关》。

写后唐太子刘唐建与番邦女子在边塞相遇相爱,基本情节同原文。但原文没有心理描写,情节也相当简单。子弟书对两人的外貌描写和心理描写比较详尽。其中有很多满语词,但是都用汉语记音。

《花别妻》,车王府本,第 479 页

出自梆子腔《别妻》。

写一对夫妇,丈夫花大汉是个旗兵,朝廷剿匪时被征选入伍。妻子为他打点行囊设酒饯行,两人互相嘱咐依依难舍。原文的情节和对话都相当简单,人物也很少,只有夫妻两人。子弟书增加了一对母子

仆佣，将少妇担心丈夫被挑上的忧虑、最终出征的不舍、夫妇临别前的对话、仆役的顽皮，都写得非常生动。

《续花别妻》，车王府本，第 279 页

出自梆子腔《别妻》。

写花大汉剿匪有功，班师凯旋。花家娘子翘首盼望，欢天喜地迎接丈夫的情景。情节很简单，但是那种欢喜的氛围描绘得非常有感染力。花娘子打扫房间的安排，花大汉回家以后的举动话语，像电影一样详尽生动。子弟书的语言描绘功力果然不凡。

《佛门点缘》，全本，第 2846 页

出自梆子腔《佛门点缘》。

写保安寺的和尚悟空收养一儿一女。孩子长大以后相爱并私定终身。养子出门赶考遇上凶僧几乎丧命，逃走后得中状元。凶僧后来又杀死赵员外之女，在现场留下一顶僧帽。王知府审案不明，将悟空下狱。恰好吴总镇遇访，席间说起此事，传见养女，发现是自己失散的亲生女儿。养子中了状元归来认父，澄清冤案，缉拿凶手，重逢亲生母亲，同养女喜结良缘。本篇子弟书的内容和语言都比较平庸。

《滚楼》，韩小窗作，车王府本，第 809 页

取材于秦腔《滚楼》。

写山寨侠女黄赛花同少年将军伍辛结下杀父之仇。伍辛逃到蓝家庄，同蓝秀英结为夫妻。蓝秀英与黄赛花是结拜姐妹。新婚之夜，伍辛说出仇家，蓝秀英许诺要化解此仇。第二天蓝装病，将黄赛花骗到家中，用蒙汗药将黄药倒，伍辛趁机占有了黄。黄醒后蓝说出真相，黄亦嫁给伍辛为妻。子弟书内容同原文一致。乾隆年间，蜀伶魏长生运用"水头"技术,表演了秦腔《滚楼》,轰动京城,一时间士大夫以不识魏长生为耻。但后来朝廷认为魏长生表演淫戏,有伤风化,将魏赶出京城。本篇子弟书将黄赛花醉酒后的姿容写得楚楚动人,写伍辛占有黄赛花的过程也极其详细。

《送枕头》,车王府本,第 359 页

取材于魏长生曾表演过的秦腔《送枕头》。

写小将薛丁山在樊梨花家里投宿,半夜樊梨花潜入薛丁山卧室与其欢爱。原文以淫戏著称,子弟书的情节主要写两方面,一是樊梨花欲热难熬,二是他们交欢的过程。语言虽然以暗喻为主,柔媚雅致,但终究写的是性爱。

《桃花岸》,车王府本,第 1468 页

取材于秦腔《桃花岸》。

写一个贫家少女玉娥,才貌双全。京师的年轻翰林爱上玉娥,打扮成尼姑来提亲,被玉娥识破,但因钟情翰林,假装不知。玉娥的兄嫂应允这门亲事,二人喜结良缘。情节虽然荒诞无稽,但本篇子弟书的语言却极为精彩。玉娥与嫂子吵架的对白,活脱脱是北京市民的口语,但加上作者的润色,遣词造句又活泼,又俏丽。玉娥与翰林调情的话虽然增加了更多的文人气,口语运用得却极为纯熟流利。如此生动漂亮的口语真令人叹为观止。

《阴魂阵》(甲)(快书),全本,第 114 页

取材于清代前期宫廷大戏《黄伯杨大摆迷魂阵》。

黄伯杨是燕将乐毅的师父,布迷魂阵以困齐将孙膑,后鬼谷子下山,助其徒弟孙膑破了阵。本快书的内容主要是描绘阴魂阵的种种险

恶气象。原戏以武打为主，非常热闹，锣鼓齐鸣，喊杀不绝。快书在改编的时候重点进行画面的描绘，极为详尽铺排，同快书一句字数很多一口气唱完的风格相得益彰。

《阴魂阵》（乙）（快书），全本，第120页

取材于清代前期宫廷大戏《黄伯杨大摆迷魂阵》。

内容同《阴魂阵》（甲）完全一致，主要也是对阴魂阵的画面描绘。但无论是在语言的丰富详赡还是在节奏的紧凑铿锵上，都不及《阴魂阵》（甲）。

《下河南》，韩小窗作，车王府本，第816页

取材于京剧《下河南》。

写丑男胡全爱上美女白玉兰，让相貌堂堂的表弟吴元迎亲，意图骗婚。结果花轿到了新娘家里，来了流寇，不得已在白家入洞房。胡全闻听大怒，第二天率人打上白府，反倒被赶了出来，遂找县令告状。县令将白玉兰断给吴元。子弟书情节同原文，但语言优美雅致。

《游龙传》，车王府本，第1342页

取材于京剧《戏凤》。

写明武宗微服出巡，和酒家女李凤姐相遇欢会。原文主要写扮成军人的明武宗在酒店里调戏不知就里的李凤姐；子弟书则将原文的篇幅大大增加，几乎扩充至原文的十倍，将明武宗遇见李凤姐前看乡村的平和安详、乡村人物的生活情态都写得栩栩如生。酒店调戏李凤姐也是子弟书的重点，虽然基本框架同戏文，但是人物的心理、表情、言语等，比起原文来要细腻得多。武宗最后亮明身份，李凤姐讨要封号的过程也写得活灵活现。明武宗有意戏弄李凤姐的心思，李凤姐的

聪明伶俐，都跃然纸上。子弟书善于描绘细节，善于表现人物心理活动的特长，在本篇中展示得淋漓尽致。这一点恰好弥补了戏曲心理活动表现受限的缺点。本篇子弟书的语言风格比较俚俗，非常契合李凤姐酒家女的身份。戏文往往有过分俚俗乃至粗俗的语言缺陷，但是子弟书却能将民间语言的鲜活与文学语言必要的雅致恰到好处地结合在一起，让人不能不叹服子弟书作者出神入化的语言驾驭能力。

《一匹布》，霭堂氏作，车王府本，第 823 页

篇首诗文说"这俚句只因看演《一匹布》"，出自京剧《一匹布》。京剧讲秀才李天龙未过门的妻子去世，岳父只有在李天龙续弦之后才能归还当初的聘礼。无赖张古董为了分得一杯羹，让自己的妻子冒充李的续弦妻子骗岳父。不料二人到了岳家天色已晚，不能出城，便在岳家假戏真做。张古董不见二人回家，急忙去追，却被锁在城门中过了一夜。第二天到县衙告状，县官判决李和张妻拜堂，由岳家给张古董三十两银子。子弟书的故事基本与之相似，但是情节有些差异。原文张妻和李天龙是形势所迫，假戏真做；子弟书里是二人一见钟情，趁机私通。戏文中县衙审判是诙谐的重头戏；而子弟书里轻轻带过，并且处理成岳父疏通官府，定了张国栋（张古董）讹诈之罪。原文的唱词很少，以对白为主，但是非常啰唆，在很多不必要的地方都要插科打诨，比如张古董去雇驴送妻子进城，还要和驴主人斗上半天嘴；这些无关紧要的对白在子弟书里都删去了。原文的语言比较粗鄙，很多地方直接用北京脏话做台词；子弟书继承了戏文以对话为基础的叙事方式，但将对话处理得更加生动，调笑对白活脱脱的是北京市民的口头语言，但是俏丽活泼，不带一点脏话，语言的水平要远远高于戏文。

《一匹布》（全五回），全本，第 4135 页

出自京剧《一匹布》。内容同上篇子弟书完全一致，只是细致描写张国栋、李天龙、张妻三人定计时的言行姿态，宛然如画。对县令审案也写得诙谐幽默。本篇的语言水平不亚于上文，恰好上文对这两段一带而过，这两篇子弟书若是结合起来读，真可谓相得益彰。

《送盒子》，竹轩作，车王府本，第 310 页

出自京剧《送盒子》。

写妓女周腊梅从良嫁给衙役张才，两口子欠了熟肉铺很多钱。夫妻定下计谋，妻子假意勾引要账的郑大雷，在两人酒酣耳热的时候丈夫冲进来捉奸，逼郑大雷一笔勾销新旧账目。子弟书的内容同原文，但语言要比原文生动、有文采得多。原文以对白为主，语言比较单调，全凭情节取胜。子弟书的语言虽说也是北京市民的口头话语，但是更生动俏皮。而且原文由于是戏曲，以现场表演为主，没写周腊梅的外貌衣着、郑大雷的心理活动、周腊梅家的陈设布置。子弟书在这几点上都做了必要的补充。乱弹戏由于来自地方戏，其语言往往比较简单粗糙甚至猥亵，语言当然不能同文人的传奇相提并论。它是现场表演，依靠演员插科打诨、舞台热闹有趣来吸引观众。子弟书没有现场表演的优势，只能单纯依靠语言来将故事变得生动有趣，因此就势必要锤炼语言。

《投店连三不从》，车王府本，第 1494 页

取材于京剧《狄仁杰赶考》（又名《阴功报》）。

写青年狄仁杰赴长安赶考，在旅店歇宿时被寡居的老板娘勾引。

狄仁杰抵抗美色的诱惑，坚决不从。子弟书情节同原文基本一致，语言非常华丽优美。虽然写的是男女私情，但没有一点淫秽之气，老板娘守寡的凄苦，对狄仁杰的爱慕，夜晚来挑逗狄仁杰的言辞，都写得如爱情诗一般缠绵委婉，优美动人。

《子胥救孤》（又名《禅宇寺》），珍本，第 43 页

取材于京剧《武昭关》。

写楚平王父纳子妻。伍奢谏奏，被满门抄斩。其子伍员（子胥）保护公子建之妻马昭仪出逃。郑国大将卞庄率兵追赶，兵困禅宇寺。马氏托孤于伍员，投井自尽。伍员保护孤儿突围逃走。子弟书完全从太子妃的视角出发，通过太子妃的状况、心情和语言刻画托孤的情境。本篇子弟书没有复杂的情节，仅仅是一个场面，但是通过人物的心理和语言将这个场面写得有血有肉。

《禅鱼寺》（快书），全本，第 62 页

取材于京剧《武昭关》。

写楚平王父纳子妻。伍奢谏奏，被满门抄斩。其子伍员（子胥）保护公子建之妻马昭仪出逃。郑国大将卞庄率兵追赶，兵困禅宇寺。马氏托孤于伍员，投井自尽。伍员保护孤儿突围逃走。本篇是通过伍子胥的视角来记录整个故事，其中还加入了马昭仪假意试探伍子胥的情节，这一情节源于《武昭关》。相比之下，本书同京剧更为接近，但语言水平、人物塑造的丰富程度不及《子胥救孤》。

《伍子胥过江》，全本，第 66 页

取材于京剧《浣纱河》。

子弟书写伍子胥带着马昭仪的儿子一路奔逃，到江边遇见一个浣

纱女子。伍子胥问明江水的方向、流速之后离开，临行前嘱咐浣纱女不要透露自己的行踪。浣纱女投江自尽。伍子胥发誓报仇之后要为这个女子修建庙宇。子弟书的故事同京剧《浣纱河》略有出入。京剧中的伍子胥是单身逃命，并且向浣纱女乞食；而本子弟书的情节完全衔接《子胥救孤》和《禅鱼寺》而来，可能是子弟书作者为了故事情节的完整而作出的改动。本子弟书的细节受京剧影响很大，其中用了很大的篇幅写浣纱女的服装和伍子胥的白袍白甲，而京剧中的伍子胥扮相正是以白色服装为主。本书的艺术水平一般。

《子胥过江》（快书），全本，第71页

取材于京剧《浣纱河》。

本书的内容同《伍子胥过江》完全一致，只是将浣纱女和伍子胥的服饰细节完全省略。其艺术价值和语言水准还不及《伍子胥过江》。

《渭水河》，芸窗作，车王府本，第921页

取材于京剧《渭水河》（又名《飞熊梦》）。

写纣王无道，文王修德。一夜文王梦见飞虎，次日出郊得见姜子牙。作者的文笔极为灵活多样，第一回用简洁明快的语言把纣王的种种恶行铺陈而出，第二回又将八卦阴阳之理融入诗韵娓娓道来。在写文王郊游遇姜子牙的过程中，把春日明媚的风景和文王悠闲的心情，以及子牙恬淡洒脱的气质融合在一起。作者的文笔，可谓学龙像龙，学虎像虎，无论是叙事说理还是写景抒情，都能运用自如。

《吊棉山》（又名《重耳走国》），临冥痴痴子作，珍本，第1页

清光绪二十九年盛京会文山房刻本，取材于京剧《烧棉山》。

写晋文公回国后，介子推不受君禄，带着母亲隐居棉山。文公想

起当年逃难的情谊，来找介子推。为了逼介子推出山，就放火烧棉山，结果介子推带着母亲被烧死，文公大为悲痛。子弟书的内容同原文一致，但重点不是讲故事，而是抒发晋文公失去介子推的悲痛心情。子弟书将必要情节一带而过，但是对文公的车马、棉山的景致却津津乐道，可能这是要发挥子弟书篇幅短小又动人心魄的优点吧！

《花木兰》，车王府本，第 987 页

取材于京剧《木兰从军》。

从木兰习武代父从军写到途中认识小将柳青，共同参军，木兰在行伍中小心做人。情节虽然很简单，子弟书却将人物的心理对话演绎得有血有肉。木兰决定从军时父母苦苦相劝的言辞，分别时依依不舍之情，写得极为细腻动人，木兰在军队中的种种不便和为难也设想得合情合理。从源头上的《木兰诗》读来，木兰从军只是一个简单的故事。而子弟书为它添加了许多细节，让木兰和其他所有人物都活了起来，仿佛有了自己的呼吸和体温。即便是在舞台上表演，也无法将人物表现得如此细致入微。本篇子弟书充分结合了小说和戏曲的优点，采用了戏曲擅长的心情独白，又充分吸收了小说灵活叙事的长处。

《望儿楼》，韩小窗作，车王府本，第 449 页

取材于京剧《望儿楼》。

写李世民在外征战，母亲窦氏在家中苦苦等待，幽怨而死。李世民赶回家时母亲刚刚去世，大放悲声。原文是老旦戏，以唱功为主，唱词有民歌风格，每段开头有重复之处。子弟书内容同原文一致，但语言与原文大不相同，写人心情细致入微，刻画激烈的情绪真挚动人，远远胜过原文。子弟书也使用了京剧的叙述方式，分为三个场景

叙事。第一个场景是窦氏在望儿楼上思子,第二个场景是窦氏临终和李渊诀别,第三个场景是李世民回家后痛哭流涕。三个场景就像舞台上的三幕戏一样处理,通过设定一个特定场景来承载大段大段的抒情唱词。

《诉功》,珍本,第 133 页

取材于京剧《诉功》。

写薛仁贵立下大功,功劳却被薛宗显冒领。薛仁贵郁郁不乐,一日与战友们吃饭,说出自己的冤屈。子弟书内容同原文一致,形式上也很有特色,不仅仅是七言韵文,其中还夹杂了戏文唱段。戏曲的痕迹极为明显。

《薛蛟观画》,车王府本,第 382 页

取材于京剧《举鼎观画》。

写薛仁贵一家得罪奸臣,被满门抄斩。薛仁贵的好友徐公用自己的儿子替换下薛门婴儿薛蛟养在府中。薛蛟长到十三岁,膂力过人,能搬动千斤石狮。徐公让薛蛟看祖先画像,说明他的身世。子弟书内容同原文一致,语言比较平实,并无特别出彩之处。

《杨妃醉酒》,车王府本,第 881 页

有人认为取材于清洪昇《长生殿》第二十四出,误。《长生殿》这一段是唐明皇与杨贵妃共同饮酒,贵妃喝醉。而子弟书里却是唐明皇宠幸梅妃,冷落了杨玉环,杨在御花园中独自饮酒乃至大醉,看情节语言应该是取材于京剧《贵妃醉酒》。京剧中这一段是唱功戏,语言本身就比较华美。子弟书继承了这种华美的语言风格,而且为了弥补子弟书不能像京剧一样展示人物外表动作的缺点,作者就对御花园

的景致、房间的摆设、筵席的物品细节大书特书。本篇子弟书的画面感极强，完全可以根据文字画出一幅工笔画。杨贵妃的伤春之情、对梅妃的怨恨、孤独寂寞之感，也写得真实动人。

《碰碑》，车王府本，第 413 页

取材于京剧《李陵碑》。

写杨令公在边疆作战，将少兵危，无力御敌。杨令公回顾了一下自己八个儿子为国或死或伤的家族史，决定以死殉国。本书是快书，唱词和京剧原文虽然字句不同，但思想感情如出一辙，对儿子的痛心与回忆写得十分真切动人。

《游武庙》，车王府本，第 997 页

取材于京剧《游武庙》。

写明太祖登基后，偕同文武百官游览武庙，评点古代忠臣良将。太祖大骂张良，刘基听到后有兔死狐悲之感，次日上本辞官回家。子弟书的内容同原文一致，主要笔墨都用在对古人的评点上，情节和语言并无特别之处。

《背娃入府》，霭堂氏作，珍本，第 485 页

傅惜华藏本，据清别野堂抄本校，取材于京剧《温凉盏》（亦称《背娃入府》）。

写穷书生张元秀，在山中打柴时发现宝物温凉盏，进京献宝得官。资助张元秀进京的表兄李大夫妇带着孩子进京投奔张元秀，在他的府中闹了不少笑话。张元秀的妻子和岳父母也来投奔，张记恨岳父当年对他刻薄冷淡，不肯相认，在李大夫妻的劝说下才原谅岳父，一家团圆。子弟书作者模仿农民的语言，运用了大量的俗语，风格极为幽默。作者熟悉世态炎凉、人情冷暖，因此写市井细民的言行真实生动。写李大的纯朴笨拙、仆人们的前倨后恭，都栩栩如生。

《连升三级》，车王府本，第 320 页

取材于京剧《连升店》。

写寒儒王名芳借宿旅店，店主人见他衣衫褴褛就百般欺辱。第二天送喜报的人赶到旅店说王名芳高中，店主人又百般奉承赔罪。子弟书情节同原文，语言生动诙谐，将店主人的前倨后恭之态刻画得栩栩如生。原文是戏曲，主要用动作表情表现人物的态度，达到喜剧表演的目的。子弟书则通过生花妙笔再现了舞台上的表演，并且将笔触深入人物的内心世界，可谓青出于蓝而胜于蓝。

《顶灯》，车王府本，第 361 页

京剧、川剧、秦腔都有《顶灯》一出，本篇子弟书取材于类似戏曲。

写书生皮谨生性惧内，一日和朋友喝酒晚归，被老婆罚跪在床边顶灯。原文戏曲以丑角戏为主，通过各种滑稽动作来达到喜剧效果。子弟书没有表演的优势，就通过幽默的语言来达到这个目的。子弟书并没有刻画皮谨的动作，却通过活用"二十四孝"的典故来讽刺皮谨侍妻如侍母的窘态，相当有趣。

《烧灵改嫁》，文西园作，车王府本，第 231 页

取材于当时流行的京剧《烧灵改嫁》。

写一个贫家少妇丧夫未久，邻居周员外上门请求介绍一个续弦妻子。少妇毛遂自荐，烧掉前夫灵位，带着儿子改嫁。情节很简单，基本同原文一致。子弟书作者写少妇愁苦的心情比较真实。少妇同前夫感情不和，寡居生活困苦，因此无心守节，作者对此表示了理解，但

并不赞成她的决定，从篇末诗句"堪叹红颜心太狠，自古杨花水面流"就可以看出作者的谴责态度。

《天官赐福》，车王府本，第 61 页

取材于京剧《天官赐福》。

写福、禄、寿、喜诸神下降赐给凡人福寿。内容很简单，语言吉祥华丽，是专门在过年期间演唱的吉祥段子。清代风俗，男子做寿常常表演《大赐福》、财神戏《天官赐福》。后者尤其受商人欢迎，在吉祥场合多有表演。

《庆寿》，煦园氏作，车王府本，第 55 页

取材于京剧《王母祝寿》或者《蟠桃会》。

写八仙来给王母娘娘祝寿。清代风俗，女性过生日时多演出《蟠桃会》。本篇子弟书就改编自戏曲，内容简单，但是语言吉祥华丽，有非常实用的表演作用。

《八仙庆寿》，车王府本，第 59 页

取材于京剧《王母祝寿》或者《蟠桃会》。同《庆寿》语言不同，但是其华丽吉祥的风格与实用的表演作用则如出一辙。

《郭子仪上寿》，车王府本，第 57 页

取材于京剧《满床笏·笏圆》。

写郭子仪做寿，七子八婿同来拜贺、文武百官齐集一堂的景象。内容简单，但题材吉祥，估计在当时的喜庆场合多有演出。郭子仪可谓中国文人武将艳羡不已的人物：功高盖世，寿至八旬，七子八婿，满门英贤。

《何必西厢》，鹤侣氏作，车王府本，第 1494 页

取材于弹词《梅花梦》（又名《何必西厢》）。

写书生张灵和县令之女崔莹的爱情故事。张灵偶遇崔莹，对她一见钟情，就通过朋友向崔家求亲，不料奸贼臧凌骗得崔莹绣像，冒名求亲，新婚之日被张灵当场揭穿。臧凌不死心，又将绣像送给宁王，宁王欲抢夺崔莹进宫。崔莹被侍女薇香替下，潜身尼庵。张灵最终冤案昭雪，两人团圆。原文是长篇弹词，头绪众多，情节复杂。子弟书改编的时候为了情节紧凑不得不删改很多情节，影响了正常的叙事节奏。语言也比较平庸，改编不甚成功。

《绣香囊》，珍本，第 198 页

中国艺术研究院戏曲研究所藏高阳齐如山珍藏清朝本，取材于弹词《绣香囊》。

写书生何质与妻子于氏相亲相爱。在清明祭扫时，歹人许报看上于氏，编造谣言说与之有染。何质中计，大怒休妻，后来无意中发现真相，回岳家请罪。此时恰逢许报来迎娶于氏，在于氏舅舅的帮助下，夫妻团圆，恶人受到应有的惩罚。子弟书在叙事方面非常缜密，所有细节都有照应，但语言比较平淡。

《论语小段》，珍本，第 7 页

清盛京财盛堂本，改编自清贾凫西《木皮鼓词·太师挚适齐》。

故事原出于《论语·微子》第十八："太师挚适齐，亚饭干适楚，三饭缭适蔡，四饭缺适秦，鼓方叔入于河，播鼗武入于汉，少师阳击磬襄入于海。"写的是春秋时期，鲁大夫舞八佾于庭，孔子离开鲁国，乐工们纷纷随之离开的故事。《论语》中只是简略地记录了这段历史，

而子弟书则继承《木皮鼓词》嬉笑怒骂皆成文章的风格，用幽默流畅的语言解释了舞八佾同乐工离开的关系，乐工们的音容笑貌也写得栩栩如生。情节虽然简单，但子弟书作者将他们离开之际互相说笑逗趣的语言写得极为俏皮幽默。

《打关西》，珍本，第227页

清光绪年间辽阳三文堂刻本，取材于明清时代鼓词《赵匡胤打关西》。

写赵匡胤在微贱时期和朋友讹诈饭店，同饭店人打架，从而和马小姐喜结良缘的故事。子弟书基本内容同原文，语言也非常俚俗，押韵方式很特别。子弟书极少用"的"做韵脚，但本篇子弟书却大量使用"掌柜的""红脸的""姓郑的"作为押韵部分。这种用法可能是受鼓词语言影响，改编不彻底的缘故。

《绣荷包》，沧海氏作，车王府本，第416页

受民歌《绣荷包》影响。

写一位佳人为自己的情郎绣荷包，情节极为简单，很明显受清代民歌《绣荷包》的影响。据傅惜华先生《绣荷包考》一文可知，清代后期《绣荷包》一曲在北京极为流行，全国各地都有类似民歌，唱佳人为情郎绣荷包，绣的是什么花样，绣到几更天。子弟书写的也是同样的内容，相当于旗人的《绣荷包》。情节虽然简单，但语言极为华美，遣词造句不仅追求雅致诗意，还有明确的画面意识，时时处处注意用语言刻画出精美的花样和绚丽的色彩。主人公的柔情蜜意也写得真挚动人，堪称艺术佳品。

《宣讲拾遗》5篇

《贤孙孝祖》，全本，第833页

改编自民国时期的劝善书《宣讲拾遗》第二卷"尊敬长上"的第一个故事"贤孙孝祖"。讲述陈清华的父亲在他六个月的时候去世，母亲周氏改嫁，陈清华由祖父母抚养长大。陈后来考中状元孝顺祖父母，母亲周氏愧悔自缢。内容同原文完全一致，语言也多有相似之处。只不过原文是韵文和散文夹杂的形式，本篇子弟书全部改成韵文而已。

《教训子孙》，全本，第3654页

改编自民国时期的劝善书《宣讲拾遗》第四卷"教训子孙"的卷首评论。原文这一段主要阐述教育子孙的必要性。本篇子弟书在内容上和语言上同原文极其相似，只不过将原文的散文改成韵文而已。通篇评论，固然苦口婆心，但说教性太强，艺术性不足。

《训女良辞》，全本，第3654页

改编自民国时期的劝善书《宣讲拾遗》第四卷"教训子孙"之"贤母训女"。本篇子弟书借母亲教育女儿之事宣扬妇女的三从四德，宣扬妇女婚前应该学会各种活计，婚后要孝顺公婆，和睦妯娌，教育儿孙；还讲了休妻的"七出"之条和不贤良女子的地府报应。全篇语言畅达。

《思亲感神》，全本，第833页

改编自民国时期的劝善书《宣讲拾遗》第五卷"各安生理"的第

一个故事"思亲感神"。讲述孟继祥外出贸易,家中只有寡母与妻子。有同族无赖造谣说孟继祥已死,打算将孟妻卖掉。孟妻无奈,半夜自缢,幸而绳结不紧未死。孟继祥在外哭泣思乡,关帝爷显圣将孟继祥带回家,恰好看到婆媳痛哭。结局是一家团圆。本篇子弟书的内容和语言同原文完全一致,几乎就是将原文韵散结合的文体改成了韵文文体。

《谋财显报》,全本,第 4301 页

改编自民国时期的劝善书《宣讲拾遗》第五卷"各安生理"的第三个故事"胡作非为"。原文讲述财主张宏烈假意替孤儿王苦儿保存积蓄,又雇他做长工六年,克扣他的工钱和积蓄。苦儿愤而自杀。后来,张宏烈之子参加科举考试,苦儿显灵,将张子的功名给了曾经抚养过自己的恩人。张宏烈后来得恶疾而死。张子乐善好施,最终中举。子弟书的内容和语言同原文极为相近,只不过将散文改成韵文而已。

第六章

原创作品

《喜舞歌》，车王府本，第 51 页

原创作品，歌颂清朝统治者定鼎中原的丰功伟绩。没有别的内容，但是语言吉祥华丽，非常适合在年节期间招待尊贵客人的时候演出。

《请清兵》（快书），全本，第 3020 页

原创作品。写崇祯皇帝煤山自缢后，吴三桂去关东请来清兵入关。本篇快书的政治态度很明显，对明王朝是哀叹，对李自成是鄙视，对清兵则大为褒奖。语言内容都非常平庸。

《家园乐》，车王府本，第 619 页

原创作品，写一位旗人高官闲来无事喝酒看戏之事。虽然情节松散、语言平庸，但是很能体现出旗人官员人家的富贵气象和悠闲生活。

第六章
原创作品

《报喜》，全本，第 3060 页

原创作品，写一位京官的太太回顾嫁到夫家后的生活，正在回忆过去、展望未来时，恰恰听到丈夫升官的喜讯。语言内容都非常平庸。

《苦海茫茫》，收录于《俗文学丛刊》①　第 399 卷，第 125 页

原创作品，写丰泰庵爱莲方丈说法，回忆自己当年在宫中的生活，虽然富贵也难脱生死苦海，门徒须虔心修持方能成正果。语言清丽雅致，流利洒脱，谈佛说法娓娓动人。

《红旗捷报》，全本，第 3412 页

原创作品，写清政府派兵剿灭张格尔的过程。本篇子弟书对张格尔造反始末、战场情形、敌我局势、战局胜败，以及对张格尔一党如何处置都写得比较详细，可见作者非常熟悉整个事件。笔者怀疑他就是清政府的官员或者书办，处理过此事。

《张格尔造反》，文西园作，车王府本，第 287 页

原创作品，写清政府派兵剿灭张格尔的过程。战斗场面写得比较生动，凯旋后喜气洋洋的气氛也渲染得极为动人。渲染气氛的时候，其实并没有用特别的言辞，只不过是用比较长的句子，把一件件具体事件紧锣密鼓地说出来，自然而然就有了喜洋洋的感觉。此事发生在道光六年至道光八年之间，《清史稿》列传第 134、154、155 都有比较详细的记载。子弟书的描绘同史书大体一致。从史书和子弟书的对比中，可以看出当时北京市民对此事的骄傲。该子弟书应该创作于道

---

① 中国台湾"中研院"历史语言研究所俗文学丛刊编辑小组整理，新文丰出版股份有限公司 2004 年出版。

光九年左右。文中的杨大人是杨遇春，嘉庆时期名将。

《擒张格尔》，文西园作，全本，第 3422 页

原创作品，写清政府派兵剿灭张格尔的过程。语言内容同《张格尔造反》相似。文西园写张格尔事件有个特点，对战场上的表现略加点染，对张格尔被押解回京之后的事情津津乐道。这是典型的后方视角，显然文西园没上过战场。

《武乡试》，文西园作，车王府本，第 152 页

原创作品，写一位旗人青年参加武举考试的过程。青年的打扮气概写得相当雄健。从这段书中也可以看出，当年的武举考试包括策论、拉弓、骑马、射箭、舞刀、举石头几项。参加考试的举子们的表现写得也很真实。

《文乡试》，车王府本，第 470 页

原创作品，写一个旗人少妇，丈夫进场考试十天，自己茶饭不思，求神拜佛，百般相思忧虑之事。第一回是想象考场上的种种困苦，第二回是求神佛保佑，第三回是喜洋洋迎接丈夫回家。女人的心思描摹得极为细致。但是综观这么多思妇的子弟书，等待丈夫的心情和闺中茶饭不思的形象比较模式化；不同之处就是丈夫职业不同，具体的担忧事项就有差别。

《侍卫论》，鹤侣氏作，车王府本，第 206 页

原创作品，写当年旗人侍卫的各色人等。侍卫生活舒适，待遇优厚，接人待物不免得意些。其中有富贵公子、道学夫子、风流才子、地痞莽汉、酒囊饭袋、伪君子，本文篇幅不长，但是寥寥数笔就把不

同人等的精气神都点染得极为传神。

《太常寺》，车王府本，第 208 页

原创作品。写旗人们怎样争取太常寺的差事，得到了又是怎样小心伺候。只是其中涉及当时的官职选拔制度，应该考证，太常寺是不是负责选拔祭祀赞礼的官，这样的官又是怎样调动到普通衙门手握实权的。本篇子弟书是通过个人的感受写出来的，非常真实亲切。

《銮仪卫叹》，车王府本，第 256 页

原创作品。写銮仪卫的分工、待遇、工作苦乐和种种内部情况。内容极为详尽，看语气是一个在该部门当了一辈子差且升职无望的老侍卫写的，是一份很难得的北京中下层官员工作生活实录。只是里面牵扯到很多满语官名，有待考证。

《饭会》，车王府本，第 474 页

原创作品，写一个刚刚到任的小官为了同事关系密切，也为了和上司拉拢关系，请大家吃饭的事。同事们席上的谈话有忠实的记录，句句都是旗人官员的口头语，上司的沉稳、同事的俏皮都在几句话里体现出来，看话就知道是谁说的。食物餐具的精致、请客主人的心理活动，都写得十分详细。

《阔大奶奶逛二闸》，文西园作，车王府本，第 111 页

原创作品，写大家少妇游览二闸之事。本篇为子弟书中的上品。少妇的衣着打扮、游览风景时购买的物品、当时的风景和人情，都是极好的北京风俗画。文笔又活泼，又雅致。

《阔大奶奶听善会戏》，文西园作，车王府本，第 113 页

原创作品，写大家少妇去尼姑庵听戏之事。从清早穿衣打扮写到听完戏赏封。少妇的装扮写得非常详细动人，听戏的一句"阔大奶奶家中常唱戏，梨园子弟都识认芳容"，轻松点明了当时北京阔人家和戏班子的关系。大奶奶点的戏码也很能说明当时北京贵妇们的好尚。

《鸳鸯扣》，车王府本，第 1394 页

原创作品，写旗人官员儿女成亲的过程。从说媒定亲开始一直写到婚后一个多月。过程极为详细，是极好的满族人婚俗记录。本篇子弟书的文笔细腻生动，轻松俏皮，写婚俗完全夹杂在两位新人的心理描写中，毫无啰唆枯燥的弊病。另外，新婚夫妇婚前的猜测、期待、爱慕，婚礼上的羞怯、紧张，新婚的爱恋、甜蜜，婚后新妇回娘家心态的变化，都写得极为真实。一般来说，才子佳人小说戏曲都不重视心理描写，最多也就是写写相思。但是本篇的心理就立足于人最真实的感受，没有丝毫的夸大和诗化。就连新娘回娘家时思念丈夫胜于关心父亲、关注婆家胜于娘家这样的心情也写得活灵活现。

《调春戏姨》，车王府本，第 348 页

原创作品，写丧偶的姐夫向小姨子求爱的事。上回主要写两人的打扮，精致详细，看了文字就能给两人画肖像画。下回写两人的对话神情举动，一一如在目前。就是电影也不过如此了。本篇非常典型地展示了子弟书善于进行精细白描，善于写细腻的对话、举动、场景的特点。

《续戏姨》，车王府本，第 235 页

原创作品，接着《调春戏姨》，写小舅子放学回家后三个人聊天，瞒着小孩子用语言调情的事。这一段写得极为有趣，男女之间的心事、话里有话的语言、孩子的天真傻气、自然的客套、当时兵营里的不堪之事，都轻轻松松地表达得清清楚楚，而且因为有孩子在场的缘故，语言没有半点猥亵，点到即止，不得不佩服子弟书作者出神入化的语言功夫。

《公子戏鬟》，车王府本，第565页

原创作品，写一个世家公子和丫鬟偷情的故事。世家大族的体面、贵胄公子的风度、大家丫鬟的仪态心计都写得栩栩如生。和同类作品相比，公子和丫鬟的形象都比较雅致体面，比起市民来自有温柔敦厚的风度。丫鬟面对公子求爱时，对公子的前途、自己终身大事的计划和始乱终弃的忧虑都想得很周到，到底与普通市民不同。这里的公子很像贾宝玉，应该不是巧合，很可能当时富贵的旗人子弟基本上都是这种生活。

《家主戏鬟》，车王府本，第498页

原创作品，写一个男主人和丫鬟偷情的故事。丫鬟的打扮模样、两人的调笑打闹、越来越明显的挑逗和调情，一步步延伸下去，都写得极为精密。男主人别有用心的言语、丫鬟半推半就的态度、枕上的海誓山盟，都写得活灵活现，趣味盎然。

《灯谜会》，车王府本，第154页

原创作品，写开灯谜会猜谜的过程。全过程从社主人预备到送客都写得非常详细。猜谜语之人的表现、爱面子之人的言行，都写得生动活泼，富于生活情趣。

《悲欢梦》，全本，第 3225 页

原创作品，写一位年轻的旗人公子假扮医生探看上司的女儿，二人一见钟情。上司许婚。后来翁婿同去热河打围，在这期间姑娘被祖母许配给娘家的胖小子。姑娘恼怒成病，抑郁昏迷，被误诊为死亡而下葬。幸而有人盗墓，姑娘苏醒，暂时躲在慈悲院。半年后公子回来，扫墓宿寺院，二人相会，喜结良缘。本篇子弟书的语言极其细致。姑娘和丫鬟红儿评论公子、谈论家庭的话语俚俗俏皮，富于生活情趣，生动地记录了清代旗人家庭的日常用语。缺点是过于烦琐，文采不足，有时也流于琐碎乏味。

《连理枝》（四回），车王府本，第 690 页

原创作品，故事内容同《悲欢梦》，从公子假扮医生写到姑娘去世。本篇子弟书的语言比起《悲欢梦》来明显精炼很多，遣词造句也更加注重文采。难得的是在锤炼语言的同时并没有失去生动俏皮的神韵。本文对青年男女相遇时的心理活动描写得极为生动详细，写公子见姑娘时的陶醉和忘情，姑娘的羞涩和顾虑，知道另许他人时的愤怒和无奈，都极其逼真。本文是三篇同题材子弟书中文学价值最高的。

《连理枝》（二回），全本，第 3274 页

原创作品，故事内容同《悲欢梦》，从公子假扮医生写到上司许婚。语言结合《悲欢梦》的前三回和《连理枝》（四回）的前二回，文学价值介乎二者之间。

《碧玉将军》，二酉氏作，车王府本，第 675 页

原创作品，写 1841 年道光帝派宗室奕经抵御镇海英军，奕经一

味聚敛钱财，怯于战斗，甚至上表蒙蔽朝廷，最后终获惩罚的事。

《清史稿·卷三百七十三　列传一百六十》中有宗室奕经的传记。"奕经分属懿亲，素谨厚，为上所倚重，奉命专征，颇欲有为而不更事，尤昧兵略。奏调陕甘、川、黔兵一万人，请拨部饷一万两，仓猝未集，驻苏州以待。""久驻江苏，以供应之累，官吏亦厌之，饷需文报，皆延搁不时应。"和英军战斗失败，"乃报三月三日败敌于定海十六门洋面，毁船数十，歼毙数百。刘韵珂以为欺罔，奕经遣侍卫容照等出洋查勘，得焚毁船木及坏械回报，乃疏闻，赐奕经双眼花翎，鼎臣亦被奖"。最后"诏布奕经等劳师糜饷、误国殃民罪状，逮京论大辟"。子弟书所谈内容与史书基本一致。但史书上并未说奕经贪污，只说他虚费国家钱粮，不知是子弟书作者为了加强谴责力度而加进去的，还是奕经贪污未被发现。子弟书对奕经贪婪、庸懦、无能的形象刻画十分成功，一会儿从外人角度看他的丑态，一会儿从他的内心世界着手写他的恐慌。奕经形象的塑造已经超过了一般小说的人物塑造水平，不再是一个平面化的脸谱，而是一个立体的人物形象。

《官衔叹》，韩小窗作，车王府本，第 23 页

原创作品，写八旗侍卫兵丁的分工和苦乐不同。其中夹杂着很多满语词和当时北京的俏皮话，对当时的听众来说耳熟能详，但现在读起来就有点费劲了。

《叹旗词》（又名《叹固山》），珍本，第 372 页

中国台湾傅斯年图书馆藏抄本，原创作品。内容为感叹满人内部种种职位的苦乐和难处，语言轻松活泼，可与满族官职相关材料对照阅读，可谓小官的官场风俗画。

《司官叹》，车王府本，第 27 页

原创作品，写一个勤谨的小官，每天忙于公务，但是官卑职小，出外办事十分辛苦，在部门内又处处受气。回了家，妻子又抱怨俸禄太少，入不敷出，四处赊账，家业萧条。写尽了小官们的苦情。据说清代官吏俸禄微薄，要是不肯贪污受贿，就难免衣食不保。

《打围回猎》（又名《热河围》），珍本，第 385 页

清百本张抄本，原创作品，写一对满族夫妇，丈夫参加围猎两个月，妻子在家里翘首盼望，对丈夫百般担心的事情。妇女的心理描写极为详尽。相思、担忧、猜疑、以前快乐生活和现在孤单寂寞的对比，一一道来，生活气息极为浓厚。

《女侍卫叹》，鹤侣氏作，车王府本，第 29 页

原创作品，写一位新婚的旗人妇女在丈夫外出当差时自己的相思和煎熬。文中用比较含蓄的笔法写了夫妻性生活的和谐，侍卫当差时的同性恋行为，以及自己一个人空床难守、自慰种种。但是语言比较文雅，不仔细看不出来，不能和那些色情段子相提并论。新婚女子的心情写得非常细腻贴切。

《军营报喜》，春澍斋作，车王府本，第 130 页

原创作品，写一位旗兵的妻子，丈夫去追剿太平军，自己独守空房，左思右想，坐立不安的心情。写她的心情和打扮非常详细。是讲给男人听呢，还是讲给女人听？要是男人，是不是可以通过少妇的相思，想象自己是她的丈夫；又通过对她的衣裳的描写，想象少妇的美貌，满足一下自己的性幻想？要是讲给女人听，少妇的相思自己也感

同身受，少妇的打扮又是女人喜欢模仿参照的。

《俏东风》，车王府本，第 1210 页

原创作品，写一位佳人被陌生公子追求，佳人不肯苟且，要求公子提亲。二人结婚后，因琐事口角，佳人气恼成病而亡，公子愧悔不及。情节虽然简单，但将二人相识的过程、心情的变化写得极为细腻。尤其是婚前公子托丫鬟致意的过程中，丫鬟的聪明伶俐、公子的随机应变、佳人的复杂心情，都写得栩栩如生。婚后二人心情的变化也写得丝丝入扣。清代大家闺秀多情又自重的形象刻画得极为真切。

《俏东风》别本第五、六回，全本，第 3116 页

原创作品，《俏东风》原来的五、六回是写丫鬟杏儿把公子带进小姐闺房中，小姐和公子定情，但是不肯以身相许，要求公子明媒正娶。公子无奈离开。这里的五、六回写小姐和公子同床共枕。之所以有别本，很可能是演出的场合不同要求内容不同。

《续俏东风》，车王府本，第 1017 页

原创作品，写佳人去世后，灵魂受到嫦娥点化，悟透情缘本属空幻。但由于姻缘未尽，必须再过几年夫妻生活才能往生仙界。佳人在丈夫祭扫的时候变成一个女子来试探他，同时说破自己的身份，死后还魂。情节虽然荒诞，文辞却极为细腻优美。佳人回忆在世生活的文字精致华美，和嫦娥的对话空灵飘逸，试探丈夫的语言尖刻俏皮，艺术水平堪称子弟书中的上品。不熟悉闺房生活的人很难细致到如此地步。《俏东风》和《续俏东风》的作者很可能是熟读诗书的旗人妇女。

《拿螃蟹》，车王府本，第 518 页

原创作品，写一对夫妻不会吃螃蟹，请了小姨子来教着吃的事。满汉合璧，每一句里都夹着几个满语词，满语词旁边有汉字。唱的时候可以全唱汉字，也可以夹杂着满语演唱。写夫妻抓螃蟹和小姨子出门打扮惊艳一条街，都很生动。夫妻抓螃蟹时的动作表情细致生动，小姨子打扮得精致富丽，都凸显出子弟书用词遣句的巧妙。不必用很多言辞，只用那几个精妙合适的，就足以传神。

《长随叹》，文西园作，车王府本，第 25 页

原创作品，写一个长随，原本夫妻投奔一个官员家做奴仆，很是得志，但是有钱以后不务正业，吃喝嫖赌被主人赶走，最后落得身无分文，夫妻离散，病卧旅馆。写世态炎凉和得志失意时的对比，以及主人公的悔恨心情非常精彩。

《梨园馆》，珍本，第 381 页

中国台湾傅斯年图书馆藏抄本，原创作品，写一个满族贵族请戏子吃饭的事。写阔大爷出门的排场、餐具的精美、饮食的丰盛，将有钱人家的精致生活写得历历在目。文中作者显然对阔大爷的富贵生活极为羡慕，津津乐道，但同时又有对他未来的担忧。从这里可以看出子弟书作者的矛盾心情：作为一个满人，他对族人们奢侈的生活是羡慕、赞赏甚至骄傲的；但作为一个清醒的旁观者，又不能不对这种生活感到不安，因为他见过太多坐吃山空、家道中落的例子了。

《风流公子》，车王府本，第 191 页

原创作品。描写一个年轻的满族少年，出身高贵，英俊潇洒，多才多艺，只可惜被一群浪荡子弟纠缠，恐怕要被带坏。本文对外貌的描写相当详细，但是在描写的过程中却透着轻薄，比如非要猜想他的内衣裤是什么颜色，分明有把他当成男色调戏之意。但是对他多才多艺的夸耀可以看出当时满族子弟的文化修养，琴棋书画、满语骑射、作诗猜谜、种花玩鸟，从文到武，多姿多彩。可见当年满人生活的悠闲和丰富。

《捐纳大爷》，车王府本，第 195 页

原创作品，写一个出身官宦的满族少年，自幼娇生惯养，读书不成，被一群无赖拐带着吃喝嫖赌包养戏子的故事，语言非常生动传神。从这里可以看出被带坏的八旗子弟的大致形象。一般来说是家里有些权势金钱的，要不然无赖们无利可图，自然不来搭理。另外，一般来说是父亲去世，母亲没有什么见识，娇生惯养，又无人规劝督责。比如，本文里的少年就是父亲早逝，母亲又是庶出扶正的，身边没有兄弟；还有，其本人不爱读书，不求上进。堕落的过程是从茶馆酒肆开始，然后就是去妓院，再后来是看戏、包养戏子、抽鸦片烟。

《老侍卫叹》，鹤侣氏作，车王府本，第 33 页

原创作品，写一对老侍卫夫妇早晨起来的对话。老太太抱怨日子穷困无以为继，老侍卫就把被子当了换了一点钱准备用来吃饭。从他们的对话中可以看出旗人贫穷的原因：一是生活奢侈，男人以招朋呼友、挥金如土为荣，女人则讲究吃穿排场脸面。二是不敬业，老侍卫当天早晨应该去当差的，结果和老太太抱怨了一会儿说不去就不去了，最后兵营里的同事们拿着牌子来催，才知道误了大事。误事必定挨罚，有可能被派去做更不好的差事，生活自然每况愈下了。

《少侍卫叹》，鹤侣氏作，车王府本，第 36 页

原创作品，写一个家庭富有、善于见风使舵、占人便宜、暗地捞钱的年轻侍卫。写他的打扮十分精细，可以看出当年的京城时尚。最精彩的是写他的语言，如何在背地里说人闲话，如何给自己撇清，把自己说得如何清廉、忠诚、淡泊名利，最后到了该上班的时候又不当差，还想占大家的便宜。整个人物栩栩如生。

《厨子叹》，竹轩作，车王府本，第 31 页

原创作品，写厨师们感叹近年物价飞涨，生计艰难，怀念当初物质丰富的时代。语言非常生动，富于表现力。比如，形容采办宴席的热闹光景时，说："整担的鸡鸭挨挨挤挤，满车的水菜压压权权，糙粮杂豆堆堆垛垛，南鲜北果绿绿花花。"

《玉儿献花》，车王府本，第 221 页

原创作品，写一个年轻丫鬟和隔壁太太聊天，说起两家儿女相爱之事。太太要向隔壁求亲，并要丫鬟做陪房。子弟书的语言十分生动俏皮，将丫鬟俊俏的外貌、伶俐的心思、俏皮的语言写得入木三分。

《风流词客》，鹤侣氏作，车王府本，第 460 页

原创作品，写一个相声演员马麻子的外貌、相声表演及向场上观众要钱的能耐，是非常珍贵的露天表演实录。当时在街上表演要准备什么东西，有什么规矩，说学逗唱的表演才华，要钱的时候观众的反映，等等，都写得非常详细真实。而且本篇的语言既朴素，又俏皮，句句都是最圆熟自然的日常北京话，而且句句都说得幽默生动，富于表现力。

第六章
原创作品

《拐棒楼》，车王府本，第 181 页

原创作品，非常珍贵的子弟书表演实录。看得出来，演唱子弟书的八旗子弟们在当时并不被看好，作者对他们的态度是很痛惜的。一方面赞叹他们水平高超，技艺精湛；另一方面又认为他们是年幼失学不走正道，期盼他们改恶从善。而且对他们的人品也多有微词。有职位的，说他装腔作势；年轻英俊的，又拿他和小旦相提并论；至于吸鸦片潦倒不堪的，则直接把他当成诲淫的社会渣滓来描写了。子弟书作者的表演方式，以及这些人的聚会方式，在这篇子弟书里都有记载。

《随缘乐》，车王府本，第 249 页

原创作品，作者以一个观众的视角，写子弟书表演艺人随缘乐的表演过程，在记叙过程中冷嘲热讽。这是难得的子弟书现场表演实录，还讲子弟书表演者要有人作揖请场，除了车钱什么都不要。从中可以看出，子弟书表演并不仅仅是唱书，还有说笑话和模仿其他艺人的表演。但是作者非常厌恶这些笑话，是不是因为子弟书的说唱本身比较尊贵，为了招揽客人说笑话是对艺术的一种侮辱？

《票把儿上台》，韩小窗作，车王府本，第 219 页

原创作品，写旗人票友们借着节日表演京剧，一个个技艺生疏，笑话百出。文章写那些差劲的表演者语言俏皮，形象生动，一番描述本身就带着讥刺。但是其中有一点很值得注意：他们的表演是借着祭祀喜神的节日来的。他们表演的曲目是"封相赐福点魁五代，遐龄献瑞报喜八仙"，应该是当时流行的节日曲目。

《女斛斗》，闲窗作，车王府本，第 43 页

原创作品，写茶馆子里面的杂耍表演。看来，当年的茶馆里有这些表演：京戏居上，次一等的就是相声、杂技、唱小曲。原则上这些都应该由男人表演，但是为了赚钱，就有女人上台了。观众们看女人表演不是为了欣赏艺术本身，而是有色情的意味。作者比较鄙视这些看客，因为他们既好色又不中用，没有胆量和实力去嫖娼，就只能用这种便宜的方式过瘾了。

《郭栋儿》，车王府本，第 45 页

原创作品，批评一个叫郭栋儿的说书艺人，相貌粗俗，说书口齿不清，语言粗鲁，动作突兀可笑。本文是很值得注意的篇目。首先，文中提到了说书的场馆乐春芳，但这个馆子到底是专讲子弟书还是什么书都讲就无从考证了。其次，篇首提了许多说书艺人的名字和特长，值得一一考证。最后，在批评郭栋儿的过程中，作者也提出了自己的艺术见解，很值得思考。

《评昆论》，车王府本，第 49 页

原创作品，写一个听书客来听石玉昆说书的过程。曾经有人把这篇子弟书看成对石玉昆的赞扬，我并不这么看。因为全文对石玉昆说书的过程没提几句，绝大部分篇幅都是在写那些捧角儿的人巴结石玉昆的丑态，以及对茶馆危房的担心。最后还讽刺听众对石玉昆捧得太过分了，居然把他当先生待，自己没听出有什么了不起的，字字句句都是不屑。虽然没有批评石玉昆，却在批评捧他的人。

《射鹄子》，珍本，第 389 页

清百本张抄本，原创作品，写一群满族青年设立鹄棚子，射箭赌胜的故事。射箭过程中的动作表情写得极为详细。一开始这些人都衣冠楚楚，练起来才发现要么箭法平庸；要么贪小便宜，人品不佳；甚至还有偷窥少女、调戏同性的品德恶劣者。作者在此显然是持批评和嘲笑的态度。

《逛护国寺》，鹤侣氏作，车王府本，第 274 页

原创作品，以一个光看不买耍贫嘴的顾客视角，写护国寺庙会。把各个摊位、各种行当都写得如工笔画一样精细妥帖。每个摊上的店主神情语言极为生动自然，各人的行话脱口而出，既点出了货物的特色，又水到渠成地塑造了一个个鲜活的人物形象。

《疯僧治病》，鹤侣氏作，车王府本，第 293 页

原创作品，上一回怀疑是《鹤侣自叹》，感叹自身的落魄，痛骂当时富贵愚拙之人。下一回说一个疯僧自称活佛转世治病，趁机奸淫妇女，最后被捉拿归案的事情。上一回的文笔又华丽又尖刻，酣畅淋漓。下一回只用短短上千字就把整个故事讲得有声有色，语言流畅可爱。可见作者收放自如的文字功夫。

《庸医叹》，云深处主人作，全本，第 3555 页

原创作品，写一位医生揭露同行庸医骗人钱财、草菅人命的现象，同时哀叹很多病人不信医生信佛道，把医生的苦心和功劳归于神巫的符水。内容丰富，言辞恳切，行文之中夹杂着大量医学术语，很符合一个医生的身份和职业习惯。子弟书中有一句"缴照费领证书就要悬壶"，可见本文作于民国时期。

《渔樵对答》，芸窗作，车王府本，第 189 页

原创作品，写一个渔夫和一个樵夫喝酒聊天，安贫乐道。语言故

事都没有什么出彩之处。

《活财神》，张慎仪作，全本，第 3569 页

原创作品，写财主张辛酉不仅在财物上乐善好施，还劝世人做生意不要贪心，求利过分反而受贫。情节简单，语言平淡。但有一点值得猜测：主人公叫张辛酉，莫非是辛酉年出生的？近代有三个辛酉年：1801 年、1861 年、1921 年。1921 年出生的人，就算 40 岁成为善人，时间已经进入 1961 年了，显然不太可能。如果主人公生于 1861 年，本文应该作于 1900 年左右。本篇子弟书的语言风格很接近这个时代。

《灵官庙》，车王府本，第 169 页

原创作品，写当时北京城外灵官庙的住持广真聚集一批尼姑公然卖淫的事，将那些无耻的嫖客和尼姑打情骂俏的嘴脸写得十分逼真。而且其中还有一句话很值得注意："这女眷们见无人碍眼得了便，忙至到老广的外室去会情人。"难道说当时的贵妇们也并不干净，会情人也要尼姑牵线搭桥？

《续灵官庙》，韫棣氏作，车王府本，第 306 页

原创作品，还是写灵官庙卖淫被捕之事，但是同《灵官庙》的视角不同。《灵官庙》是在广真生日那天，从一个嫖客的视角写人们的荒淫和被捕时的狼狈；《续灵官庙》则是用全知视角，写灵官庙的位置、广真的人品、妓女的美貌、嫖客们的身份和荒淫生活、嫖妓时的心态。所以，《灵官庙》的好处在于真实详细，历历在目；《续灵官庙》的好处是语言华丽，修辞笔法多样。

第六章
原创作品

《为票嗷夫》，恒兰谷作，车王府本，第 17 页

原创作品，写一个旗人妇女指责迷恋京戏的丈夫不务正业，为了扮演小旦糟蹋了许多东西。语言真实生动，宛如口出。文中有几点值得注意：一是丈夫的戏迷朋友被称为"庙内的那位好朋友"，难道说当时八旗子弟平常唱戏都是在庙里进行？二是"若遇着谁家堂会应承去作脸"，《老北京与满族》一书里提到，清代很多满人都是业余票友，遇到婚丧之事常常去义务表演，不收报酬，有时甚至要自己倒贴车费饭钱，所谓"耗财买脸"，看来这句话说的就是这种行为。

《劝票嗷夫》，恒兰谷作，全本，第 3391 页

原创作品，内容和语言同《为票嗷夫》极为相似。

《为赌嗷夫》，文西园作，车王府本，第 19 页

原创作品，写一个旗人妇女悲叹自己命苦，嫁了个好赌的丈夫，把家业挥霍一空。作者毕竟是男人，说到最后也不过是要警醒那些赌徒，对妇女除了同情就没有别的话了。也可叹古代女子婚姻不能自主，嫁着不成人的丈夫也不能离婚，只能苦苦忍受。所以很可以理解，为什么古代那么多女子信佛，因为她们不能主宰自己的命运，只好把希望寄托于天。

《穷鬼自叹》，车王府本，第 21 页

原创作品，写一个年轻时赚缺德钱，最后老死贫穷的人。比较简略，但对世态人情的描摹确有些可观之处。

《打十湖》，珍本，第 376 页

中国台湾傅斯年图书馆藏抄本，原创作品，写一个满族富家子弟因为迷恋赌博倾家荡产依然在梦中对牌局念念不忘的故事。语言是地道的北京话，俏皮伶俐，写大爷有钱时的打扮极为精细，如工笔画一样历历在目，从中可以看出当时北京的流行风尚。写牌局也写得极为详细，但十湖究竟是怎样的赌博方式，其规则如何，目前还无从知晓，不知有没有办法考证。

《荡子叹》，珍本，第 393 页

奉天东都石印局本，原创作品，写一个不务正业的浪荡子弟在风雪之日听见一对夫妇吵架，妻子抱怨丈夫吃喝嫖赌败光了家产，受冻挨饿。荡子听后深感惭愧，发誓改正。文中细致刻画了富有时候的精美衣饰，描绘了满族浪荡子弟好虚荣、装大爷的做派。可见作者对这种青年是极为熟悉而且担忧的。许多子弟书里都写到了这种担忧，可见在作者的时代，北京有一大批这种无所事事的八旗子弟。这同八旗子弟除当兵外不允许从事其他职业的制度有关。

《腐儒叹》，曹汉儒作，全本，第 3553 页

原创作品，内容以劝世为主。作者苦口婆心劝世人遵守儒家道德，认为人人如此，大同世界便指日可待。语言很多地方化用《论语》《三字经》《弟子规》，水平一般。本文名副其实，的确是腐儒之见。

《穷酸叹》，河西隐士抄本，珍本，第 397 页

原创作品，写一个穷秀才因为少年时代没碰上好老师，读书不成器，走投无路的故事。这个穷秀才的境况酷似孔乙己，自己感觉是读书人，却没人看得起他。本文对穷秀才的心理描写很不错，一方面思考自己为什么总是穷困，另一方面设想各种糊口之计。最后梦见自己

当官了，梦中的得意之态也写得很生动。

《书生叹》，融川氏作，全本，第 3513 页

原创作品，写一个穷秀才的贫困生活。其内容和语言同《穷酸叹》相似，但比《穷酸叹》丰富。写到了穷秀才对自己前途的考虑，改行的种种不可行，对金钱魔力的感叹。最后在穷秀才梦中当官的文字中，提到"政府"，还说"马弁电车甚庄严""穿的是呢绒大氅洋服礼帽"。从这些文字可以看出，本篇子弟书应该作于民国初年。

《先生叹》，文西园作，车王府本，第 41 页

原创作品，写一个教书先生的苦乐生活。这位先生的境况显然比《穷酸叹》的主人公要好些，最起码衣食还不甚发愁。本篇对于主人公的教学生涯也写得十分生动。

《心高叹》，蔡锡三作，全本，第 3541 页

原创作品，写一个书生欲娶才女，偏得丑妇，故生感叹。本文中的书生赞成女子教育，羡慕自由恋爱，感叹"欧美国的女子多么尊贵，都命他自由仔细去裁量"。从中可以看出这是民国时期的作品。但作者比较软弱，面对不如意的婚姻不敢离婚，只因为害怕亲友们耻笑。从中可见民国时期的知识分子形象。

《阔大烟叹》，珍本，第 400 页

李啸仓藏民初石印本，原创作品，写一个抽鸦片者，有钱的时候如何在烟枪烟泡上讲究，没钱的时候如何厚颜无耻地四处要钱抽大烟，最后无家可归，冻饿而死无人收葬的事情。前后生活的细节写得极为充分，看上去如在目前。文中有句话很值得注意："自从道光爷

登大宝，时局一变不像先……昔年间最讲吃穿玩笑乐，而今专讲吃大烟。"看来道光之前八旗子弟就已经堕落，沉迷于奢侈享乐之中，道光之后堕落得越发严重了。

《大烟叹》，珍本，第405页

原创作品，序言中记有未入流录于静乐轩中，波多野太郎藏清同治十二年木刻本。结构语言同《荡子叹》非常相似，只是荡子变成了烟鬼。文中写这个人烟瘾过足了的时候胡吹乱谤，上瘾的时候连烟灰烟油都不放过的狼狈相，写得比较生动。

《禄寿堂》，车王府本，第167页

原创作品，写一个有钱人迷恋小旦演员，请他们吃酒作乐的故事。从出门前穿衣服、配车马、遣厨子种种排场，一直写到酒足饭饱把小旦们带回来。写出门的排场、家丁的傲慢、阔大爷的雍容自在，非常细致传神。本篇子弟书对大爷的穿戴着墨不多，对家丁的打扮写得较细，从中可以看出当年北京阔人家丁的形象写真。

《老斗叹》，清别野堂抄本，珍本，第408页

原创作品，写一个有钱人迷恋小旦演员，挥金如土，最后倾家荡产的事。虽然最后有无意中发现地下埋着银子的情节，但也不过是作者加一个光明的尾巴而已。从中可以看出当年的北京恶习：有钱人追捧小旦演员，和他们发生同性恋关系。这些人就叫老斗。小旦演员和戏班老板串通一气，敲诈老斗的财物。那些老斗往往还有这么几项嗜好：抽大烟、嫖妓、赌博。

《老斗叹》，车王府本，第39页

原创作品，写一个有钱人迷恋小旦演员和妓女，欠下一屁股债，

第六章
原创作品

被债主们逼着还钱腾房子,想回去和那些小旦妓女借钱,那些人就一个个都变了嘴脸。写世态炎凉非常传神。

《假老斗叹》,鹤侣氏作,车王府本,第 260 页

原创作品,写一个无赖有了点钱,就附庸风雅,一心要加入有身份有文化的旗人行列,但是文化水平实在太低,又时时闹笑话。写无赖不懂装懂的丑态、不解礼仪的为难,都十分传神。由于本子弟书提供了大量细节,实在可以作为当时的民俗史料来看。无论是无赖的生活还是有文化、有品位的旗人的日子,都写得非常精细。

《须子论》,韩小窗作,车王府本,第 138 页

原创作品,写一个有钱的公子和一群无赖为伍,成天和他们混在一起吃喝嫖赌的事。这种哄骗富家少年钱财的无赖叫须子。文章并没有写他们的全部行动,只用他们在茶馆里的对话渲染,语言圆熟流畅。

《须子谱》,车王府本,第 455 页

原创作品,写一个有钱的公子和两个无赖为伍,成天和他们混在一起喝酒、看戏、遛鸟。第一回是写三人的打扮,第二回是写三人看四喜班子的表演,第三回是写一个大须子向他们介绍唱高腔的艺人和他们的拿手曲目——这些曲目很多就是子弟书的题目,难道说很多子弟书就是从高腔改编来的?这几个人的生活状况是不是子弟书作者的生活状况?整天无所事事地听戏,无聊了就把听过的戏改编成子弟书自己说唱?以前我想不通为什么他们要把戏曲改编成子弟书,现在看看,是不是因为戏曲对唱念做打的要求很高,一般人练不了,所以就改变成相对简单的子弟书,便于搬演?

《浪子叹》，梦松客作，珍本，第 411 页

清文盛堂刻本，原创作品，写浪子请客吃山珍海味，嫖妓一掷千金之事。其中，对窑姐儿的房间摆设写得很详细。从中可以看出，清末妓院的装潢是很有文化品位的，妓女本身也往往精通琴棋书画，便于同有钱有文化的客人交流。从中可以看出，很多客人来妓院并不完全是因为性的需要，而是喜欢同美丽的女人谈谈风花雪月，满足自己的精神需要。

《老汉叹》，珍本，第 413 页

耿瑛藏江岐山传述本，原创作品，讲一位老农自得其乐的田园生活。既有一天之内的安排，也有一年内四时节令的庆祝。田园生活气息极为浓厚。

《光棍叹》（全二回），全本，第 3545 页

原创作品，写光棍王碰三打扮时兴，交游广阔，自命不凡，坑蒙拐骗的勾当干得正欢却不料小鬼来勾魂了。本篇子弟书在考证清末民初北京市民服饰方面有一定的史料价值。

《光棍叹》（全一回），全本，第 3550 页

原创作品，写一个光棍输光家产正欲自缢，被吐沫老祖搭救，赠以竹板教其行走江湖。内容简单，语言俚俗。

《荣华梦》，煦园氏作，珍本，第 416 页

北京图书馆藏手抄本，原创作品，写一个家道中落的满族贵族子弟梦中做官暂享荣华富贵之事。值得注意的是，本文中的主人公不像

那些纨绔子弟，有钱的时候吃喝嫖赌，穷了以后什么丑事都能干出来。这个主人公是因为经营家产不善而败落的，败落之后也有自己的原则，安贫乐道，可以算是破落八旗子弟中的上等人物。

《苇连换笋鸡》，鹤侣氏作，车王府本，第 136 页

原创作品，写一个穷困潦倒的老旗兵，拿一顶破帽子和旧梆铃换来一只小鸡，酒足饭饱结果误了职守，最后被革职的故事。换鸡的语言和心情描写非常生动，当时的世态人情如在眼前。

《绝红柳》，韩小窗作，珍本，第 476 页

盛京文盛书房刻本，原创作品，讽刺技艺拙劣，只知道要钱的说大鼓先生。文笔流畅辛辣，描述拙劣先生的动作表情和满口白字如在眼前。

《要账该账大战脱空》，车王府本，第 832 页

原创作品，用诙谐的手法写一个欠债不还的无赖，拜欠债老祖脱空为师，学习赖账法术。债主们找到讨债老祖，拿下脱空。故事虽然没有什么稀奇，但语言却极为有趣，脱空老祖的门庭、徒弟、法术，运用谐音、会意、顶针等修辞手法，一本正经地娓娓道来，令人捧腹。本篇很可以看出子弟书作者驾驭语言的能力。

《森罗殿考》，珍本，第 498 页

原创作品，北京图书馆藏手抄本，用讽刺笔法写阴间官员贪赃枉法，非常幽默。尤其是选拔贤鬼时的题目更加令人绝倒："天命之谓钱，率性之谓钱，修道之谓钱。"文人诙谐之笔，不减今人。

《弦杖图》，洗俗斋作，珍本，第 501 页

中国艺术研究院戏曲研究所藏清抄本，原创作品，写盲艺人的悲喜苦乐。细节极为动人，没有亲身经历应该写不出来。比如，春天地上的陷坑、说书时的观众吵闹、冬天的大风苦寒、陪伴贵人时的谨慎小心，盲艺人孤苦无依的生活令人泪下。

《别善恶》，珍本，第 504 页

久敬斋石印本，原创作品，大发牢骚抱怨时世之作。先从动物界问起，数落不同动物的功过善恶和不公平下场；再讲古人，问为什么贤良的古人短命，大奸大恶反倒福寿双全；最后指责当前世风浇薄，许多人见风使舵，许多人文理不通。虽然文字水平一般，但是很能看出当时社会中下层文人们心里的怨气。

《薄命辞灶》，珍本，第 507 页

清盛京财盛书房刻本，原创作品，同《别善恶》基本上是一样的牢骚、一样的质问，只不过换了女人的口气。篇首一段家家户户辞灶时的情景描绘相当出色，好像一幅栩栩如生的民俗画。

《炮打轮船》（快书），全本，第 3736 页

原创作品，写法国进犯越南，刘永福设计使其自相残杀，乘势炮打轮船。战争场面描写细致，语言流利畅达。

《日俄交兵》（快书），全本，第 3740 页

原创作品，写日俄战争期间，日本海军将领东乡平八郎击败俄国舰队一事。作者的汉奸嘴脸令人厌恶，将日本明治天皇捧得如同尧

第六章
原创作品

舜，鼓吹东乡平八郎的战绩"名垂宇宙，功盖寰球"，读来令人肉麻。

《覆恩枉报》，全本，第 3670 页

原创作品，写金寿台曾经帮助朋友做生意，不料朋友生意开张以后任意降价，扰乱行情，还对外造谣中伤金寿台，金极为愤怒。很可能这篇子弟书的作者就是金寿台，创作本篇子弟书泄愤，不便明言而已。子弟书的收藏者有一位名叫"金台三畏氏"，有可能就是金寿台的笔名或者别号。

《瞒心枉说》，全本，第 3675 页

原创作品，金寿台的朋友反驳《覆恩枉报》的创作。其中一句"来来来，咱俩若以书辞斗，吾和伊斗至来年立过冬"很明显是针对金寿台而言的。本篇子弟书作者否认自己曾受过金的恩惠，还将金比作忘恩负义的刁仆。本篇子弟书的典故引的都是主仆之间的故事，作者处处以主人自居，可能此人的地位高于金。

《忆帝非》，全本，第 3746 页

原创作品，讽刺袁世凯称帝不成，满心懊悔之作。本篇子弟书通篇仿照《忆真妃》，将李隆基怀念杨玉环的伤痛换成袁世凯的悲伤，语言幽默，令人绝倒。《忆真妃》是当年很流行的子弟书和大鼓书，人人耳熟能详。作者之改写，恰如现代人改写流行歌曲讽刺时事一样。

《碧云寺》，珍本，第 510 页

清别野堂抄本，原创作品，本篇介绍了碧云寺的修建历史，四面自然景观，园中花木园池，庙里的各种雕塑，以及僧尼的势利狡诈。

对碧云寺的描述非常有条理，从外到内，井井有条，而且穿插了僧尼的世俗面孔。穿针引线的功夫非常巧妙。

《有人心》，孔素阶作，全本，第 3679 页

原创作品，本篇子弟书完全没有逻辑，也没有章法，内容全是一些毫无关联的俗语歇后语。比如："槽头买马看母子，人受调教武艺高。得意时有了新的忘了旧，负心人过去河儿拆去桥。谁肯说谁的瓜儿苦，拿着耗子就是猫。"上下句之间，句与句之间都没有逻辑关系。严格说来不算一部子弟书。

《骨牌名》，车王府本，第 115 页

原创作品，游戏之作，巧妙地把一套骨牌的名字用一个爱情故事排列出来。文字清新可爱。

《集锦书目》，鹤侣氏作，车王府本，第 176 页

原创作品，游戏之作，把许多子弟书的名字用一个游玩过程排列出来。

《天下景致》，珍本，第 514 页

北京大学图书馆藏清代蒙古车王府曲本，原创作品，介绍当时中国各地的物产和历史地理典故。内容单调，文字也无甚稀奇。怀疑要么是子弟们的游戏之作，要么就是一个子弟书内容提纲，便于艺人记忆。现在相声里还保留着报菜名之类的段子，内容无甚意思，但是很锻炼人的口齿。本篇子弟书可能相当于报菜名。

《万寿山》，全本，第 3708 页

原创作品，游戏之作，讲述各处名山。这些山既有真实存在的，

也有神话传说里的。没有情节，基本上算是报山名。

《八字成文》（又名《圣贤集略》），珍本，第517页

原创作品，清光绪三十二年盛京老汇文堂本，把百家姓中的每个字当成一句话的第一个字，然后寻找这个姓氏的古人或者小说人物，用一句话说他的主要本领。构思虽然巧妙，但内容非常单调，估计是和《天下景致》差不多的东西。

《数罗汉》，韩小窗作，车王府本，第108页

原创作品，只有八行，怀疑是残卷。

《妓女叹》，全本，第3531页

原创作品，写一个沈阳妓女对嫖客哀叹自己被拐卖进妓院的不幸身世和接待不同客人的种种难处。对各色嫖客的嘴脸描写得相当逼真。

《烟花叹》，收录于《俗文学丛刊》[①] 第400卷，第569页

原创作品，写一个妓女哀叹生活的绝望和痛苦，感伤自己孤苦伶仃的身世，想到悲伤之处，上吊自尽。写妓女生活的文笔生动真实，将妓女怨愤的心情描摹得合情合理。

《何氏卖身》，收录于《俗文学丛刊》[②] 第400卷，第646页

原创作品，写兵丁的妻子何氏，丈夫出外杳无音信，同婆母、儿

[①] 中国台湾"中研院"历史语言研究所俗文学丛刊编辑小组整理，新文丰出版股份有限公司2004年出版。
[②] 同上。

子艰难度日。遇到灾年，衣食无着，无奈卖掉自己换钱养育婆母和儿子。临分别前一家人哭天抢地，买主不忍，情愿不要身价钱，只身离开。此时，何氏丈夫衣锦还乡，报答买主。本篇子弟书语言朴实细腻，对贫苦人家的艰难生活写得生动细致。

《怕老婆滚灯》，收录于《俗文学丛刊》① 第400卷，第653页

原创作品，写刁氏纺了线让丈夫去赶集，卖完早回。丈夫用卖线所得的钱同人喝酒，回来后被老婆打骂。邻居嘲笑他怕老婆。情节简单，语言朴实生动。夫妻对话吵架的语言就是地道的北京市民口语，极为本色。

《富公子拜年》，收录于《俗文学丛刊》② 第400卷，第653页

原创作品，写一对夫妇有两个女儿，大女婿是穷书生，小女婿是富公子。丈人嫌贫爱富，不与大女婿来往，小女婿来拜年时听说这件事，大为不满，批评岳父母只认银钱不认骨肉。岳父母十分惭愧，同大女婿重归于好。二位女婿同窗读书，后来双双做官。语言以十字句为主，同普通的子弟书在语言结构、风格上有一定差异。

《代数叹》，吴玉昆于光绪三十二年(1907)作，全本，第3490页

原创作品，从一个学生的角度感叹代数难学。情节虽然简单，但语言生动幽默，将学生不得要领、茫然不知所措的心情描写得极为细腻生动。

---

① 中国台湾"中研院"历史语言研究所俗文学丛刊编辑小组整理，新文丰出版股份有限公司2004年出版。
② 同上。

第六章
原创作品

《三皇会》，全本，第 3327 页

原创作品，清末民初算命唱曲的盲人有自己的组织，称为三皇会。本篇子弟书记录了祭祀的仪式和参加者的言行。从子弟书可以看出，盲艺人对三皇会的祭祀很看重，祭祀过程不仅是个敬天、地、人的过程，也是宣读行规、教育团结艺人的机会。

《子弟图》，全本，第 3398 页

原创作品，写八旗子弟的休闲生活。其中，讲述创作子弟书的缘由，描写表演子弟书的场景的文字，在子弟书研究方面有很大的参考意义。语言流畅洒脱。本篇子弟书有两点特别值得注意。第一，本文说子弟书的音乐来自昆曲和高腔，创作者多为戏曲爱好者。现存子弟书很大一部分直接改编自折子戏。第二，子弟书的表演者和创作者一开始是富贵人家的子弟，表演纯属娱乐。后来旗人生计艰难，很多贫家子弟也参与其中，为的是吃到免费的酒肉。子弟书从兴盛到衰亡的时间恰好和旗人待遇兴衰的时间相吻合，这两者之间必有因果关系。

附 录

子弟书题目音序索引

B

《芭蕉扇》，竹轩作，车王府本，第 395 页 …………… 76
《八郎别妻》，车王府本，第 616 页 …………… 132
《八郎别妻》，车王府本，第 1601 页 …………… 132
《八郎探母》，车王府本，第 1102 页 …………… 133
《八郎探母》（乙）（全八回），全本，第 1627 页 …………… 133
《八仙庆寿》，车王府本，第 59 页 …………… 165
《八阵图》（快书），全本，第 722 页 …………… 65
《八字成文》（又名《圣贤集略》），珍本，第 517 页 ………… 197
《百宝箱》，韩小窗作，车王府本，第 604 页 …………… 85
《白帝城》，韩小窗作，车王府本，第 93 页 …………… 65
《白帝城》，全本，第 731 页 …………… 66
《百花亭》，罗松窗作，车王府本，第 663 页 …………… 43
《百年长恨》，全本，第 2685 页 …………… 86

附录
子弟书题目音序索引

《白蛇传》（又名《全合钵》），珍本，第257页 …… 121

《宝钗产玉》，车王府本，第329页 …… 112

《宝钗代绣》，韩小窗作，车王府本，第13页 …… 103

《鸨儿训妓》，车王府本，第839页 …… 149

《报喜》，全本，第3060页 …… 171

《悲欢梦》，全本，第3225页 …… 176

《背娃入府》，霭堂氏作，珍本，第485页 …… 163

《碧玉将军》，二酉氏作，车王府本，第675页 …… 176

《碧云寺》，珍本，第510页 …… 195

《鞭打芦花》，珍本，第10页 …… 42

《别姬》，青园作，珍本，第87页 …… 35

《别善恶》，珍本，第504页 …… 194

《薄命辞灶》，珍本，第507页 …… 194

C

《惨睹》，珍本，第333页 …… 138

《藏舟》，罗松窗作，车王府本，第171页 …… 135

《草船借箭》（快书），全本，第550页 …… 57

《草诏敲牙》，韩小窗作，车王府本，第718页 …… 137

《查关》，竹轩作，车王府本，第371页 …… 153

《咤美》，车王府本，第215页 …… 144

《禅鱼寺》（快书），全本，第62页 …… 159

《长坂坡》（快书），全本，第529页 …… 56

《嫦娥传》，煦园氏作，车王府本，第87页 …… 96

《长随叹》，文西园作，车王府本，第25页 …… 180

《长亭饯别》，车王府本，第589页 …… 24

《沉香亭》，车王府本，第171页 ································ 42
《趁心愿》，车王府本，第578页 ······························ 148
《陈云栖》，煦园氏作，车王府本，第79页 ·················· 99
《赤壁鏖兵》，车王府本，第247页 ····························· 58
《赤壁鏖兵》（快书），全本，第603页 ······················· 59
《赤壁赋》，车王府本，第179页 ································ 20
《赤壁遗恨》，全本，第546页 ··································· 57
《痴梦》，车王府本，第231页 ··································· 41
《痴诉》，鹤侣氏作，车王府本，第213页 ··················· 140
《重耳走国》（又名《吊棉山》），
　　临冥痴痴子作，珍本，第1页 ····························· 160
《出塞》，罗松窗作，珍本，第97页 ···························· 32
《出塞》，车王府本，第1587页 ································· 31
《出塔》，韩小窗作，车王府本，第301页 ··················· 122
《厨子叹》，竹轩作，车王府本，第31页 ···················· 182
《椿龄画蔷》，车王府本，第7页 ······························· 102
《刺虎》，珍本，第353页 ··· 119
《刺虎》，韩小窗作，车王府本，第725页 ··················· 120
《刺梁》，车王府本，第114页 ··································· 135
《刺汤（一）》，珍本，第343页 ································ 138
《刺汤（二）》，芸窗作，珍本，第346页 ···················· 139
《翠屏山》，罗松窗作，车王府本，第1365页 ··············· 74

D

《打朝》，珍本，第139页 ··· 36
《打黄盖》（快书），全本，第560页 ·························· 58

《打登州》（快书），全本，第872页 …… 136
《打关西》，珍本，第227页 …… 167
《大力将军》，煦园氏作，车王府本，第73页 …… 94
《打门吃醋》，车王府本，第802页 …… 45
《打面缸》，竹轩作，车王府本，第355页 …… 151
《打十湖》，珍本，第376页 …… 187
《打围回猎》（又名《热河围》），珍本，第385页 …… 178
《大烟叹》，珍本，第405页 …… 190
《代数叹》，吴玉昆于光绪三十二年（1907）作，
　　全本，第3490页 …… 198
《单刀会》（硬书），车王府本，第1593页 …… 64
《单刀会》，全本，第696页 …… 64
《挡曹》，煦园氏作，车王府本，第91页 …… 60
《党人碑》，玉山作，车王府本，第141页 …… 146
《党太尉》，鹤侣氏作，车王府本，第161页 …… 151
《荡子叹》，珍本，第393页 …… 188
《盗甲》，车王府本，第491页 …… 74
《盗令》，车王府本，第1651页 …… 136
《得钞傲妻》，韩小窗作，车王府本，第776页 …… 78
《得书》，白鹤山人作，车王府本，第251页 …… 26
《灯草和尚》，车王府本，第808页 …… 114
《灯谜会》，车王府本，第154页 …… 175
《吊棉山》（又名《重耳走国》），临冥痴痴子作，
　　珍本，第1页 …… 160
《钓鱼子》，车王府本，第409页 …… 36
《顶灯》，车王府本，第361页 …… 164

203

《洞庭湖》，全本，第4112页 …… 99
《东吴记》，车王府本，第1135页 …… 63
《东吴招亲》，车王府本，第99页 …… 63
《杜十娘怒沉百宝箱》，全本，第2882页 …… 85

E

《二入荣国府》，韩小窗作，车王府本，第1169页 …… 104
《二仙采药》，全本，第791页 …… 17
《二玉论心》，韩小窗作，车王府本，第343页 …… 101
《二玉论心》（乙）（全二回），全本，第3796页 …… 102

F

《饭会》，车王府本，第474页 …… 173
《范蠡归湖》，车王府本，第1121页 …… 88
《反天宫》（快书），全本，第1107页 …… 75
《访贤》（又名《访普》），韩小窗作，珍本，第231页 …… 137
《访贤》（又名《访普》），车王府本，第656页 …… 137
《分宫》，珍本，第350页 …… 119
《凤姐儿送行》，车王府本，第69页 …… 107
《风流词客》，鹤侣氏作，车王府本，第460页 …… 182
《风流公子》，车王府本，第191页 …… 180
《凤鸾俦》，车王府本，第1557页 …… 82
《凤鸣关》（快书），全本，第738页 …… 66
《疯僧治病》，鹤侣氏作，车王府本，第293页 …… 185
《封神榜》，全本，第27页 …… 89
《凤仙》，煦园氏作，车王府本，第646页 …… 97

《凤仙传》，煦园氏作，车王府本，第89页 …………………… 96
《凤仪亭》，鹤侣氏作，车王府本，第573页 ………………… 51
《凤仪亭》（快书），全本，第437页 …………………………… 52
《风月魁》，车王府本，第598页 ………………………………… 113
《佛门点缘》，全本，第2846页 ………………………………… 154
《佛旨度魔》，正修道人作，珍本，第493页 …………………… 19
《富春院》，全本，第2796页 …………………………………… 84
《覆恩枉报》，全本，第3670页 ………………………………… 195
《富公子拜年》，收录于《俗文学丛刊》第400卷，第653页 … 198
《芙蓉诔》，韩小窗作，珍本，第419页 ………………………… 107
《腐儒叹》，曹汉儒作，全本，第3553页 ……………………… 188
《负心恨》，金永恩作，珍本，第170页 ………………………… 19

G

《赶妓》，全本，第1307页 ……………………………………… 147
《甘露寺》，《三国子弟书词》之七页 …………………………… 62
《赶靴》，鹤侣氏作，车王府本，第134页 ……………………… 149
《赶斋》，珍本，第245页 ………………………………………… 33
《高老庄》，车王府本，第959页 ………………………………… 75
《葛巾传》，煦园氏作，车王府本，第75页 …………………… 98
《宫花报喜》，韩小窗作，车王府本，第611页 ………………… 34
《公子戏鬟》，车王府本，第565页 ……………………………… 175
《古城相会》，《三国子弟书词》之二 …………………………… 47
《骨牌名》，车王府本，第115页 ………………………………… 196
《挂帛》，车王府本，第270页 …………………………………… 45
《拐棒楼》，车王府本，第181页 ………………………………… 183

《关公送貂蝉出家》，《三国子弟书词》之一页 ………… 47
《官衔叹》，韩小窗作，车王府本，第 23 页 ………… 177
《观雪乍冰》，车王府本，第 148 页 ………… 147
《光棍叹》（全二回），全本，第 3545 页 ………… 192
《光棍叹》（全一回），全本，第 3550 页 ………… 192
《逛护国寺》，鹤侣氏作，车王府本，第 274 页 ………… 185
《鬼断家私》，珍本，第 363 页 ………… 81
《郭栋儿》，车王府本，第 45 页 ………… 184
《过继巧姐儿》，车王府本，第 67 页 ………… 107
《郭子仪上寿》，车王府本，第 57 页 ………… 165
《滚楼》，韩小窗作，车王府本，第 809 页 ………… 154

H

《海棠结社》，车王府本，第 436 页 ………… 104
《何必西厢》，鹤侣氏作，车王府本，第 1494 页 ………… 166
《合钵》，韩小窗作，车王府本，第 106 页 ………… 122
《荷花记》，渔阳居士作，车王府本，第 1231 页 ………… 115
《何氏卖身》，收录于《俗文学丛刊》第 400 卷，第 646 页 …… 197
《红拂女私奔》，松窗作，车王府本，第 1111 页 ………… 18
《红梅阁》，韩小窗作，车王府本，第 543 页 ………… 40
《红娘寄柬》，车王府本，第 193 页 ………… 22
《红旗捷报》，全本，第 3412 页 ………… 171
《胡迪骂阎》，珍本，第 317 页 ………… 91
《胡迪骂阎》，车王府本，第 128 页 ………… 92
《蝴蝶梦》（又名《劈棺》），车王府本，第 671 页 ………… 131
《蝴蝶梦一》，春澍斋作，珍本，第 13 页 ………… 130

附 录
子弟书题目音序索引

《蝴蝶梦二》，惠亭作，珍本，第20页 …………………………… 131
《虎牢关》（快书）（甲），全本，第405页 ……………………… 51
《虎牢关》（快书）（乙），全本，第409页 ……………………… 51
《狐狸思春》，车王府本，第739页 ………………………………… 39
《花别妻》，车王府本，第479页 …………………………………… 153
《花木兰》，车王府本，第987页 …………………………………… 161
《华容道》，《三国子弟书词》之六 ………………………………… 62
《华容道》（快书），全本，第598页 ……………………………… 59
《花叟逢仙》，煦园氏作，车王府本，第398页 …………………… 82
《幻中缘》，珍本，第462页 ………………………………………… 116
《慧娘鬼辩》，韩小窗作，车王府本，第157页 …………………… 41
《会玉摔玉》，韩小窗作，车王府本，第439页 …………………… 100
《魂完凤愿》，全本，第2628页 …………………………………… 87
《活财神》，张慎仪作，全本，第3569页 ………………………… 186
《火烧战船》，《三国子弟书词》之五 ……………………………… 61
《火云洞》，车王府本，第1609页 ………………………………… 76
《活捉》，车王府本，第352页 ……………………………………… 48

J

《击鼓骂曹》，春澍斋作，珍本，第108页 ………………………… 54
《祭姬》，车王府本，第204页 ……………………………………… 139
《集锦书目》，鹤侣氏作，车王府本，第176页 …………………… 196
《祭泸水》，松谷居士作，全本，第735页 ………………………… 66
《绩女》，珍本，第454页 …………………………………………… 96
《妓女叹》，全本，第3531页 ……………………………………… 197
《祭塔》，韩小窗作，车王府本，第224页 ………………………… 122

· 207 ·

《寄信》，鹤侣氏作，珍本，第 99 页 …………………………… 41

《祭灶》，珍本，第 242 页 …………………………………………… 33

《假老斗叹》，鹤侣氏作，车王府本，第 260 页 ………………… 191

《家园乐》，车王府本，第 619 页 …………………………………… 170

《家主戏鬟》，车王府本，第 498 页 ………………………………… 175

《铜对棒》（快书），全本，第 877 页 ……………………………… 136

《教训子孙》，全本，第 3654 页 ……………………………………… 168

《借东风》，《三国子弟书词》之四 …………………………………… 61

《借东风》（快书），全本，第 578 页 ……………………………… 59

《截江夺斗》（快书），全本，第 716 页 …………………………… 64

《借靴》，鹤侣氏作，珍本，第 489 页 ……………………………… 148

《锦水祠》，蛤溪钓叟（本名缪东麟）作，

　　珍本，第 165 页 ……………………………………………………… 129

《金印记》（又名《六国封相》），文西园作，

　　珍本，第 37 页 ………………………………………………………… 43

《惊变埋玉》，珍本，第 154 页 ……………………………………… 128

《酒楼》，车王府本，第 211 页 ……………………………………… 126

《旧院池馆》，韩小窗作，车王府本，第 770 页 ………………… 80

《救主》，竹轩作，车王府本，第 104 页 …………………………… 46

《捐纳大爷》，车王府本，第 195 页 ………………………………… 181

《绝红柳》，韩小窗作，珍本，第 476 页 …………………………… 193

《军营报喜》，春澍斋作，车王府本，第 130 页 ………………… 178

K

《阚泽下书》，全本，第 566 页 ……………………………………… 58

《拷红》，珍本，第 190 页 …………………………………………… 23

附录
子弟书题目音序索引

《拷红》，车王府本，第1031页 …………………………………… 23

《拷玉》，竹轩作，车王府本，第253页 ……………………………… 46

《空城计》（快书），全本，第759页 ………………………………… 68

《孔明借箭》，《三国子弟书词》之三 ………………………………… 61

《孔子去齐》，全本，第34页 …………………………………………… 13

《哭城》，车王府本，第896页 ………………………………………… 37

《哭官哥》，韩小窗作，车王府本，第781页 ………………………… 79

《苦海茫茫》，收录于《俗文学丛刊》第399卷，
　　第125页 …………………………………………………………… 171

《苦肉计》，全本，第556页 …………………………………………… 58

《哭像》，珍本，第167页 ……………………………………………… 129

《阔大奶奶逛二闸》，文西园作，车王府本，第111页 ……… 173

《阔大奶奶听善会戏》，文西园作，车王府本，第113页 …… 174

《阔大烟叹》，珍本，第400页 ………………………………………… 189

L

《蓝桥会》，珍本，第27页 …………………………………………… 148

《廊会》，车王府本，第759页 ………………………………………… 26

《廊会》（全五回），全本，第385页 ………………………………… 26

《浪子叹》，梦松客作，珍本，第411页 ……………………………… 192

《老斗叹》，清别野堂抄本，珍本，第408页 ……………………… 190

《老斗叹》，车王府本，第39页 ……………………………………… 190

《老汉叹》，珍本，第413页 …………………………………………… 192

《老侍卫叹》，鹤侣氏作，车王府本，第33页 ……………………… 181

《雷峰宝塔》，全本，第2377页 ……………………………………… 120

《雷峰塔》，车王府本，第1044页 …………………………………… 121

《离魂》，罗松窗作，车王府本，第555页 …………… 29
《离魂》，全本，第2573页 …………………………… 30
《李逵接母》，罗松窗作，车王府本，第508页 ………… 74
《离情》，珍本，第470页 …………………………… 116
《梨园馆》，珍本，第381页 …………………………… 180
《连环计》，车王府本，第97页 ……………………… 51
《连理枝》（二回），全本，第3274页 ………………… 176
《连理枝》（四回），车王府本，第690页 ……………… 176
《莲香》，煦园氏作，车王府本，第77页 ……………… 93
《连升三级》，车王府本，第320页 …………………… 164
《两宴大观园》，车王府本，第11页 ………………… 105
《麟儿报》，财盛堂刻本，珍本，第267页 …………… 86
《林和靖》，芸窗作，车王府本，第150页 …………… 113
《灵官庙》，车王府本，第169页 ……………………… 186
《菱角》，煦园氏作，珍本，第446页 ………………… 95
《刘高手治病》，鹤侣氏作，珍本，第329页 ………… 27
《柳敬亭》，鹤侣氏作，车王府本，第47页 ………… 140
《龙凤配》（甲），全本，第671页 …………………… 62
《龙凤配》（乙），全本，第677页 …………………… 63
《露泪缘》，韩小窗作，车王府本，第1531页 ………… 110
《路旁花》，车王府本，第796页 ……………………… 150
《禄寿堂》，车王府本，第167页 ……………………… 190
《銮仪卫叹》，车王府本，第256页 …………………… 173
《论语小段》，珍本，第7页 …………………………… 166
《罗刹鬼国》，珍本，第140页 ………………………… 77
《罗成托梦》，罗松窗作，车王府本，第1625页 ……… 125

《罗成托梦》（全六回），全本，第946页 …………… 125

《罗成托梦》（快书），全本，第970页 ……………… 125

《吕蒙正》，珍本，第237页 ……………………………… 33

《吕蒙正困守寒窑》，全本，第1715页 ………………… 32

《绿衣女》，韩小窗作，车王府本，第386页 ………… 93

M

《骂阿瞒》，全本，第456页 ……………………………… 54

《骂城》，韩小窗作，车王府本，第584页 …………… 134

《马介甫》，煦园氏作，车王府本，第83页 …………… 94

《骂朗》，珍本，第121页 ………………………………… 67

《骂朗》，韩小窗作，全本，第755页 ………………… 67

《骂女代戏》，车王府本，第197页 …………………… 44

《马上联姻》，车王府本，第1257页 ………………… 114

《马嵬驿》，珍本，第151页 …………………………… 127

《卖刀试刀》，韩小窗作，车王府本，第324页 ……… 70

《埋红》，煦园氏作，车王府本，第447页 …………… 101

《卖胭脂》，车王府本，第290页 ……………………… 152

《卖油郎独占花魁》，北京师范大学图书馆藏本页 …… 81

《满汉合璧寻夫曲》（简称《哭城》），珍本，第46页 …… 37

《瞒心枉说》，全本，第3675页 ………………………… 195

《梅妃自叹》，韩小窗作，车王府本，第423页 ……… 126

《梅花坞》，车王府本，第1188页 …………………… 116

《梅屿恨》，芸窗作，车王府本，第698页 …………… 113

《梦榜》，云崖作，车王府本，第378页 ……………… 24

《梦中梦》（又名《续黄粱》），珍本，第479页 ……… 93

《孟子见梁惠王》，鹤侣氏作，车王府本，第53页 ············· 14
《谜目奇观》，收录于《俗文学丛刊》第399卷，
　　第421页 ································· 100
《糜氏托孤》（又名《长坂坡》），韩小窗作，
　　珍本，第104页 ····························· 56
《面然示警》，车王府本，第165页 ················· 20
《明妃别汉》，珍本，第94页 ······················ 30
《谋财显报》，全本，第4301页 ··················· 169
《牧羊圈》，洗俗斋作，珍本，第128页 ············· 152

N

《拿螃蟹》，车王府本，第518页 ·················· 180
《闹昆阳》（快书），全本，第320页 ··············· 115
《闹学》，罗松窗作，车王府本，第549页 ············ 28
《宁武关》，车王府本，第929页；全本作《宁武关》
　　（甲），第2973页 ·························· 118
《宁武关》（乙），韩小窗作，全本，第2985页 ······ 119
《女斛斗》，闲窗作，车王府本，第43页 ············ 184
《女侍卫叹》，鹤侣氏作，车王府本，第29页 ········ 178

P

《怕老婆滚灯》，收录于《俗文学丛刊》第400卷，第653页 ··· 198
《盘盒》，竹轩作，车王府本，第102页 ·············· 46
《盘丝洞》，车王府本，第625页 ···················· 77
《炮打轮船》（快书），全本，第3736页 ············ 194
《碰碑》，车王府本，第413页 ···················· 163

《琵琶记》，车王府本，第858页 ⋯⋯⋯⋯⋯⋯⋯⋯⋯⋯⋯⋯ 18
《票把儿上台》，韩小窗作，车王府本，第219页 ⋯⋯⋯⋯⋯⋯ 183
《漂母饭信》，全本，第271页 ⋯⋯⋯⋯⋯⋯⋯⋯⋯⋯⋯⋯ 35
《品茶栊翠庵》，车王府本，第63页 ⋯⋯⋯⋯⋯⋯⋯⋯⋯⋯ 106
《评昆论》，车王府本，第49页 ⋯⋯⋯⋯⋯⋯⋯⋯⋯⋯⋯⋯ 184
《葡萄架》，车王府本，第120页 ⋯⋯⋯⋯⋯⋯⋯⋯⋯⋯⋯⋯ 78

Q

《齐陈相骂》，韩小窗作，车王府本，第226页 ⋯⋯⋯⋯⋯⋯ 149
《奇逢》（一名《旷野奇逢》，又称《旧奇逢》），
　　珍本，第322页 ⋯⋯⋯⋯⋯⋯⋯⋯⋯⋯⋯⋯⋯⋯⋯⋯⋯ 27
《齐人有一妻一妾》，鹤侣氏作，车王府本，第132页 ⋯⋯⋯ 14
《遣春梅》，韩小窗作，车王府本，第874页 ⋯⋯⋯⋯⋯⋯⋯ 79
《遣春梅》，珍本，第309页 ⋯⋯⋯⋯⋯⋯⋯⋯⋯⋯⋯⋯⋯⋯ 79
《千金全德》，韩小窗作，车王府本，第1088页 ⋯⋯⋯⋯⋯ 44
《千金一笑》，静斋作，车王府本，第866页 ⋯⋯⋯⋯⋯⋯⋯ 88
《遣晴雯》，芸窗作，车王府本，第332页 ⋯⋯⋯⋯⋯⋯⋯⋯ 108
《黔之驴》，鹤侣氏作，车王府本，第237页 ⋯⋯⋯⋯⋯⋯⋯ 18
《俏东风》，车王府本，第1210页 ⋯⋯⋯⋯⋯⋯⋯⋯⋯⋯⋯ 179
《俏东风》别本第五、六回，全本，第3116页 ⋯⋯⋯⋯⋯⋯ 179
《巧姻缘》，车王府本，第367页 ⋯⋯⋯⋯⋯⋯⋯⋯⋯⋯⋯⋯ 83
《窃打朝》，车王府本，第486页 ⋯⋯⋯⋯⋯⋯⋯⋯⋯⋯⋯⋯ 36
《秦氏思子》，车王府本，第163页 ⋯⋯⋯⋯⋯⋯⋯⋯⋯⋯⋯ 123
《秦王吊孝》，罗松窗作，全本，第979页 ⋯⋯⋯⋯⋯⋯⋯⋯ 126
《秦王降香》，车王府本，第314页 ⋯⋯⋯⋯⋯⋯⋯⋯⋯⋯⋯ 48
《擒张格尔》，文西园作，全本，第3422页 ⋯⋯⋯⋯⋯⋯⋯⋯ 172

《青楼遗恨》，韩小窗作，车王府本，第937页 …… 85
《请清兵》（快书），全本，第3020页 …… 170
《庆寿》，煦园氏作，车王府本，第55页 …… 165
《晴雯赍恨》，车王府本，第1页 …… 108
《晴雯撕扇》，煦园氏作，车王府本，第3页 …… 103
《穷鬼自叹》，车王府本，第21页 …… 187
《穷酸叹》，河西隐士抄本，珍本，第397页 …… 188
《秋容》，煦园氏作，车王府本，第85页 …… 95
《秋声赋》，全本，第1828页 …… 20
《全悲秋》，韩小窗作，车王府本，第912页 …… 109
《全彩楼》，文西园作，车王府本，第1305页 …… 32
《劝票嗷夫》，恒兰谷作，全本，第3391页 …… 187
《全扫秦》，车王府本，第1432页 …… 90
《全西厢（二十八回）》，全本，第1440页 …… 21
《鹊桥盟誓》，罗松窗作，车王府本，第375页 …… 127
《鹊桥密誓》（又名《长生殿》），罗松窗作，
　　珍本，第148页 …… 127
《雀缘》，珍本，第123页 …… 42

R

《日俄交兵》（快书），全本，第3740页 …… 194
《荣华梦》，煦园氏作，珍本，第416页 …… 192
《瑞云》，珍本，第440页 …… 98

S

《三皇会》，全本，第3327页 …… 199

附 录
子弟书题目音序索引

《三难新郎》，西林氏作，车王府本，第 682 页 …………… 83

《三笑姻缘》，车王府本，第 1633 页 …………… 84

《三宣牙牌令》，车王府本，第 65 页 …………… 105

《三战黄忠硬书》，车王府本，第 1659 页 …………… 60

《森罗殿考》，珍本，第 498 页 …………… 193

《僧尼会》，竹轩作，车王府本，第 651 页 …………… 146

《扇坟》，车王府本，第 364 页 …………… 131

《伤春葬花》，车王府本，第 904 页 …………… 102

《商郎回煞》，车王府本，第 267 页 …………… 45

《烧灵改嫁》，文西园作，车王府本，第 231 页 …………… 164

《少侍卫叹》，鹤侣氏作，车王府本，第 36 页 …………… 182

《射鹄子》，珍本，第 389 页 …………… 184

《舌战群儒》，全本，第 534 页 …………… 56

《舌战群儒》（快书），全本，第 541 页 …………… 57

《升官图》，车王府本，第 122 页 …………… 77

《十面埋伏》，雪窗作，车王府本，第 851 页 …………… 35

《石头记》，车王府本，第 752 页 …………… 110

《侍卫论》，鹤侣氏作，车王府本，第 206 页 …………… 172

《十问十答》，车王府本，第 1281 页 …………… 47

《守楼》，珍本，第 368 页 …………… 140

《数罗汉》，韩小窗作，车王府本，第 108 页 …………… 197

《书生叹》，融川氏作，全本，第 3513 页 …………… 189

《摔琴》，车王府本，第 1579 页 …………… 83

《双官诰》，明窗作，车王府本，第 967 页 …………… 141

《双郎追舟》，珍本，第 252 页 …………… 87

《双美奇缘》，全本，第 1381 页 …………… 23

《双玉听琴》，韩小窗作，车王府本，第 340 页 …………… 109
《水浒全人名》，车王府本，第 116 页 …………… 69
《思凡》，车王府本，第 630 页 …………… 146
《司官叹》，车王府本，第 27 页 …………… 178
《思亲感神》，全本，第 833 页 …………… 168
《怂玉戏鬟》，车王府本，第 9 页 …………… 111
《送盒子》，竹轩作，车王府本，第 310 页 …………… 158
《送枕头》，车王府本，第 359 页 …………… 155
《诉功》，珍本，第 133 页 …………… 162
《随缘乐》，车王府本，第 249 页 …………… 183

T

《太常寺》，车王府本，第 208 页 …………… 173
《谈剑术》，车王府本，第 513 页 …………… 86
《叹旗词》（又名《叹固山》），珍本，第 372 页 …………… 177
《探塔》，车王府本，第 297 页 …………… 122
《探雯换袄》，云田氏作，车王府本，第 336 页 …………… 109
《叹武侯》，韩小窗作，车王府本，第 95 页 …………… 68
《桃洞仙缘》，文西园作，珍本，第 125 页 …………… 16
《桃花岸》，车王府本，第 1468 页 …………… 155
《桃李园》，车王府本，第 183 页 …………… 17
《天阁楼》，全本，第 2070 页 …………… 91
《天官赐福》，车王府本，第 61 页 …………… 165
《天台奇遇》，全本，第 782 页 …………… 16
《天台传》，渔村作，车王府本，第 185 页 …………… 16
《天下景致》，珍本，第 514 页 …………… 196

《天缘巧配》，梅窗作，车王府本，第 1079 页 …………… 46

《调春戏姨》，车王府本，第 348 页 …………………… 174

《挑帘定计》，鹤侣氏作，车王府本，第 118 页 ………… 71

《投店连三不从》，车王府本，第 1494 页 ……………… 158

《托梦》（快书），全本，第 974 页 ……………………… 125

W

《万寿山》，全本，第 3708 页 …………………………… 196

《望儿楼》，韩小窗作，车王府本，第 449 页 …………… 161

《望乡》，车王府本，第 229 页 …………………………… 147

《为赌嗾夫》，文西园作，车王府本，第 19 页 ………… 187

《苇连换笋鸡》，鹤侣氏作，车王府本，第 136 页 ……… 193

《为票嗾夫》，恒兰谷作，车王府本，第 17 页 ………… 187

《渭水河》，芸窗作，车王府本，第 921 页 ……………… 160

《闻铃（一）》，珍本，第 158 页 ………………………… 128

《闻铃（二）》，珍本，第 161 页 ………………………… 128

《文乡试》，车王府本，第 470 页 ………………………… 172

《蜈蚣岭》，车王府本，第 705 页 ………………………… 72

《蜈蚣岭》（快书），车王府本，第 406 页 ……………… 73

《武陵源》，芸窗作，车王府本，第 144 页 ……………… 16

《五娘哭墓》，车王府本，第 202 页 ……………………… 25

《五娘行路》，车王府本，第 764 页 ……………………… 25

《武松打虎》（快书），全本，第 1887 页 ………………… 71

《武乡侯》，全本，第 769 页 ……………………………… 68

《武乡试》，文西园作，车王府本，第 152 页 …………… 172

《伍子胥过江》，全本，第 66 页 ………………………… 159

217

X

《西厢段》，全本，第 1370 页 ⋯⋯⋯⋯⋯⋯⋯⋯⋯⋯⋯⋯⋯ 22

《西厢记（八回）》，珍本，第 176 页 ⋯⋯⋯⋯⋯⋯⋯⋯ 20

《喜舞歌》，车王府本，第 51 页 ⋯⋯⋯⋯⋯⋯⋯⋯⋯⋯ 170

《下河南》，韩小窗作，车王府本，第 816 页 ⋯⋯⋯⋯ 156

《侠女传》，煦园氏作，车王府本，第 81 页 ⋯⋯⋯⋯⋯ 92

《先生叹》，文西园作，车王府本，第 41 页 ⋯⋯⋯⋯⋯ 189

《贤孙孝祖》，全本，第 833 页 ⋯⋯⋯⋯⋯⋯⋯⋯⋯⋯ 168

《弦杖图》，洗俗斋作，珍本，第 501 页 ⋯⋯⋯⋯⋯⋯⋯ 194

《乡城骂》，车王府本，第 240 页 ⋯⋯⋯⋯⋯⋯⋯⋯⋯ 153

《湘云醉酒》，车王府本，第 5 页 ⋯⋯⋯⋯⋯⋯⋯⋯⋯ 104

《削道冠儿》，车王府本，第 406 页 ⋯⋯⋯⋯⋯⋯⋯⋯ 73

《萧七》，珍本，第 450 页 ⋯⋯⋯⋯⋯⋯⋯⋯⋯⋯⋯⋯ 95

《携琴访友》（快书），全本，第 221 页 ⋯⋯⋯⋯⋯⋯⋯ 84

《新长亭》，全本，第 1433 页 ⋯⋯⋯⋯⋯⋯⋯⋯⋯⋯⋯ 24

《新凤仪亭》，车王府本，第 1617 页 ⋯⋯⋯⋯⋯⋯⋯⋯ 52

《心高叹》，蔡锡三作，全本，第 3541 页 ⋯⋯⋯⋯⋯⋯ 189

《信口开河》，全本，第 3844 页 ⋯⋯⋯⋯⋯⋯⋯⋯⋯⋯ 105

《新蓝桥》，全本，第 176 页 ⋯⋯⋯⋯⋯⋯⋯⋯⋯⋯⋯ 148

《新奇逢》，全本，第 2620 页 ⋯⋯⋯⋯⋯⋯⋯⋯⋯⋯⋯ 27

《新昭君》，全本，第 302 页 ⋯⋯⋯⋯⋯⋯⋯⋯⋯⋯⋯ 31

《绣荷包》，沧海氏作，车王府本，第 416 页 ⋯⋯⋯⋯ 167

《绣香囊》，珍本，第 198 页 ⋯⋯⋯⋯⋯⋯⋯⋯⋯⋯⋯ 166

《续钞借银》，韩小窗作，车王府本，第 390 页 ⋯⋯⋯ 78

《絮阁》，车王府本，第 889 页 ⋯⋯⋯⋯⋯⋯⋯⋯⋯⋯ 127

《续花别妻》，车王府本，第 279 页 ………………………… 154

《续灵官庙》，韫棂氏作，车王府本，第 306 页 ……………… 186

《续骂城》，古香轩作，车王府本，第 242 页 …………………… 134

《徐母训子》，韩小窗作，车王府本，第 244 页 ………………… 55

《徐母训子》（快书），全本，第 518 页 ………………………… 55

《续俏东风》，车王府本，第 1017 页 …………………………… 179

《许田射鹿》（快书），全本，第 443 页 ………………………… 53

《续戏姨》，车王府本，第 235 页 ………………………………… 174

《须子论》，韩小窗作，车王府本，第 138 页 …………………… 191

《须子谱》，车王府本，第 455 页 ………………………………… 191

《血带诏》（快书），全本，第 459 页 …………………………… 54

《雪江独钓》，煦园氏作，珍本，第 483 页 ……………………… 18

《薛蛟观画》，车王府本，第 382 页 ……………………………… 162

《薛礼救驾》（快书），全本，第 1054 页 ………………………… 112

《雪梅吊孝》，车王府本，第 263 页 ……………………………… 45

《学堂》，珍本，第 248 页 ………………………………………… 28

《雪夜访贤》（全五回），全本，第 1567 页 ……………………… 137

《训女良辞》，全本，第 3654 页 ………………………………… 168

Y

《烟花楼》，张松圃作，珍本，第 303 页 ………………………… 70

《烟花叹》，收录于《俗文学丛刊》第 400 卷，第 569 页 …… 197

《炎凉叹》，全本，第 197 页 ……………………………………… 14

《炎天雪》，竹轩作，车王府本，第 159 页 ……………………… 37

《颜如玉》，煦园氏作，车王府本，第 71 页 ……………………… 99

《胭脂传》，渔村作，车王府本，第 465 页 ……………………… 98

219

《杨妃醉酒》，车王府本，第881页 …… 162
《阳告》，车王府本，第200页 …… 40
《姚阿绣》，车王府本，第641页 …… 96
《夜奔》，车王府本，第123页 …… 69
《忆帝非》，全本，第3746页 …… 195
《一顾倾城》，伯庄氏小窗作，珍本，第33页 …… 38
《疑媒》，竹窗氏作，珍本，第458页 …… 97
《一匹布》，蔼堂氏作，车王府本，第823页 …… 157
《一匹布》（全五回），全本，第4135页 …… 158
《一入荣国府》，韩小窗作，车王府本，第745页 …… 100
《义侠记》，全本，第1892页 …… 72
《议宴陈园》，符斋作，车王府本，第443页 …… 105
《忆真妃》，珍本，第163页 …… 129
《意中缘》，车王府本，第1064页 …… 144
《阴魂阵》（甲）（快书），全本，第114页 …… 155
《阴魂阵》（乙）（快书），全本，第120页 …… 156
《莺莺降香》，车王府本，第420页 …… 22
《永福寺》，车王府本，第788页 …… 80
《庸医叹》，云深处主人作，全本，第3555页 …… 185
《游龙传》，车王府本，第1342页 …… 156
《有人心》，孔素阶作，全本，第3679页 …… 196
《游寺》，车王府本，第593页 …… 22
《游武庙》，车王府本，第997页 …… 163
《游园寻梦》，罗松窗作，车王府本，第560页 …… 29
《玉儿献花》，车王府本，第221页 …… 182
《渔家乐》，白鹤山人作，车王府本，第1005页 …… 134

《淤泥河》，车王府本，第953页 ……………………………… 112
《渔樵对答》，芸窗作，车王府本，第189页 …………………… 185
《玉搔头》（又名《万年欢》），珍本，第335页 ……………… 142
《玉香花语》，叙庵氏作，车王府本，第845页 ………………… 101
《玉簪记》，云何子作，车王府曲本，第1150页 ………………… 38
《玉簪记》，罗松窗作，珍本，第274页 ………………………… 39
《鸳鸯扣》，车王府本，第1394页 ………………………………… 174

Z

《战长沙》（快书），全本，第637页 …………………………… 60
《斩华雄》（快书），全本，第401页 …………………………… 50
《张格尔造反》，文西园作，车王府本，第287页 ……………… 171
《张良辞朝》（又名《紫罗袍》），珍本，第91页 ……………… 88
《诏班师》，虬髯白眉子作，全本，第2052页 …………………… 90
《赵五娘吃糠》，文西园作，车王府本，第569页 ……………… 24
《珍珠衫》，珍本，第359页 ……………………………………… 81
《钟馗嫁妹》，芸窗作，车王府本，第283页 …………………… 141
《钟生》，文西园作，车王府本，第36页 ………………………… 97
《周西坡》，韩小窗作，车王府本，第503页 …………………… 124
《诸葛骂朗》，煦园作，珍本，第117页 ………………………… 67
《庄氏降香》，罗松窗作，车王府本，第979页 ………………… 123
《撞天婚》，车王府本，第732页 ………………………………… 75
《追信》，车王府本，第1642页 …………………………………… 34
《子龙赶船》，《三国子弟书词》之八 …………………………… 62
《子路追孔》，珍本，第4页 ……………………………………… 12
《姊妹易嫁》，全本，第4012页 …………………………………… 93

《子母河》,车王府本,第146页 …………………… 76
《子胥过江》(快书),全本,第71页 …………………… 160
《子胥救孤》(又名《禅宇寺》),珍本,第43页 …………… 159
《子弟图》,全本,第3398页 …………………… 199
《走岭子》,韩小窗作,车王府本,第125页 …………… 72
《醉打山门》,春澍斋作,车王府本,第187页 …………… 69
《醉卧怡红院》,车王府本,第15页 …………………… 106
《坐楼杀惜》,车王府本,第712页 …………………… 70

后　记

　　目前存世的子弟书有 516 篇，研究性的论文论著也有上百篇之多。但当前的子弟书研究存在一个问题：真正能够阅读完所有子弟书作品并对其有整体把握的研究者并不多。而且子弟书大部分是改编作品，其题材来源多样，有诗歌、散文、佛经、民歌，最主要的来源还是明清小说戏曲。因此，要研究子弟书，必须清楚子弟书的故事是从哪里改编而来的，内容上有无改动，艺术上比起原作来优劣如何。但这样一份工作是相当烦琐费力的，而且要求研究者对明清小说戏曲非常熟悉，要了解同一个故事在不同的文学体例和不同剧种之间的流传和变化。说真的，老天，这真不容易。你知道文学史上有多少个版本的昭君故事吗？你知道《白蛇传》的故事在多少剧种中都有经典篇目吗？你知道罗成的故事跨越了多少种文体吗？从鼓词，到小说，到传奇，到乱弹，到京剧，到各种地方戏，到子弟书，到大鼓书，写完这本书我几乎成了半个说唐故事专家。虽然我不得不谦虚地说："笔者不揣浅陋，兢兢业业考证多年，拿出自己的一孔之见，静待海内外同人批评指教。"但我的真心话是，别批评我了。

　　本书最大的优点是实用。书的结构是按照子弟书的题材来源分成不同章节，再一一介绍各篇。文字简洁明快，可读性强。一来可以为子弟书研究者提供目录学意义上的指导，二来将516篇子弟书加以分类整理也可以帮助研究者厘清思路。如果能为学术界做一点添砖加瓦的工作，这几年的辛苦也不算枉费。